당연히
아나운서니까

집**JOB**
문집 시리즈

내 일을 사랑하는 모든 사람들을 소개합니다. 나만의 가치와 마음을 가지고 언제나 즐겁게 열정으로 일하고 싶은 당신을 위한 책. 가벼운 에피소드부터 일을 통해 깨닫는 진지한 삶의 의미까지. 현실적인 직업 현장의 모습과 조언, 일을 통해 나를 실현하는 통찰까지 담았습니다.

국내 최초 국제뉴스 전문 아나운서의 매운맛 Q&A

당연히 아나운서니까

초판 1쇄 발행 2024년 5월 22일

지은이. 박세정
그 림. 박운형
펴낸이. 김태영

씽크스마트 책 짓는 집
경기도 고양시 덕양구 청초로66
덕은리버워크 지식산업센터 B-1403호
전화. 02-323-5609

홈페이지. www.tsbook.co.kr
블로그. blog.naver.com/ts0651
페이스북. @official.thinksmart
인스타그램. @thinksmart.official
이메일. thinksmart@kakao.com

ISBN 978-89-6529-405-4 (03810)
© 2024 박세정

*씽크스마트 - 더 큰 생각으로 통하는 길
'더 큰 생각으로 통하는 길' 위에서 삶의 지혜를 모아 '인문교양, 자기계발, 자녀교육, 어린이 교양·학습, 정치사회, 취미생활' 등 다양한 분야의 도서를 출간합니다. 바람직한 교육관을 세우고 나다움의 힘을 기르며, 세상에서 소외된 부분을 바라봅니다. 첫 원고부터 책의 완성까지 늘 시대를 읽는 기획으로 책을 만들어, 넓고 깊은 생각으로 세상을 살아갈 수 있는 힘을 드리고자 합니다.

*도서출판 큐 - 더 쓸모 있는 책을 만나다
도서출판 큐는 울퉁불퉁한 현실에서 만나는 다양한 질문과 고민에 답하고자 만든 실용교양 임프린트입니다. 새로운 작가와 독자를 개척하며, 변화하는 세상 속에서 책의 쓸모를 키워갑니다. 흥겹게 춤추듯 시대의 변화에 맞는 '더 쓸모 있는 책'을 만들겠습니다.

자신만의 생각이나 이야기를 펼치고 싶은 당신.
책으로 사람들에게 전하고 싶은 아이디어나 원고를 메일(thinksmart@kakao.com)로 보내주세요.
씽크스마트는 당신의 소중한 원고를 기다리고 있습니다.

영어 MC도, 외신 앵커도

당연히
아나운서니까

박세정 지음

국내 최초

국제뉴스 전문

아나운서의

매운맛 Q&A

망설임 없이
떠오르는 사람

아침편지로 유명한 '깊은산속 옹달샘'에 아주 작은 도서관이 있습니다. 그 도서관의 이름이 바로 '꿈너머 꿈'입니다. 박세정 아나운서의 열정과 도전을 담아 새롭고 멋진 또 하나의 꿈을 이루게 된 것을 진심으로 축하하고 응원합니다.

코리아헤럴드와 헤럴드경제로 대표되는 헤럴드미디어 그룹이 올해 창사 71주년이 되었습니다. 그동안 헤럴드의 전통과 명예를 걸고 추진해온 글로벌비즈니스포럼에 박세정 아나운서를 초대한 적이 있습니다. 퍼펙트한 진행으로 국제행사의 품격을 한층 돋보이게 만들었습니다. 주한대사님들은 물론이고 참석한 글로벌 경제리더들에게 깊은 감동과 울림을 줄 수 있었습니다. 그날 이후 언제나 중요하고 어려운 행사가 있을 때마다 망설임 없이 박세정 아나운서를 떠올립니다.

〈당연히 아나운서니까〉를 읽으며 세계로 뻗어가는 코리아와 박세정의 미래를 그려보게 됩니다. '언어는 민족과 나라의 정신적 지문과 같습니다.' 작가 최명희님은 소설 혼불을 통해 언어가 갖는 심오함과 다채로움에 대해 애기한 바 있습니다

한국어와 영어를 자유롭게 넘나들며 유려하게 글로벌행사를 진행하는 박세정 아나운서의 실력과 투철한 직업의식, 그리고 치열한 프로세계에서 요구되는 한결같은 집중력에 대해 아낌없는 박수를 보내고 싶습니다.

같은 길을 걸어가는 후배들을 위해 용기 내어 펜을 들었다는 말을 들었을 때, 비단 아나운서뿐만 아니라 우리 사회에서 자신의 꿈을 향해 노력하는 모든 사람들에게도 좋은 자극과 도전이 되리라 생각합니다.

새봄과 함께 생명이 넘치는 멋진 책을 만나 기쁩니다.

헤럴드미디어그룹

대표이사 **최 진 영**

국제회의를 더 가치있게 만드는 아나운서

국제회의 아나운서는 사람과 사람이 만나 지식과 정보를 공유하고, 우리의 문화를 알리며 새로운 비즈니스 창출과 미래를 준비할 수 있게 하는 중요한 회의의 진행자입니다. 아나운서가 회의를 대하는 마음가짐과 사전 준비, 능력, 사명감, 그리고 주인 의식은 꼭 갖추어야 할 부분입니다. 국제회의에 참여를 원하는 아나운서분들이 이 책을 통해 프로페셔널한 자격을 갖추어 앞으로 우리나라에서 개최하게 될 많은 회의에서 좋은 활약을 해주시기를 바랍니다.

㈜이노밸 대표이사
서울여대 글로벌문화산업·MICE전공 겸임교수

지 미 화

세계를 6분에
담는 힘

　박세정 아나운서는 매일 아침 6분 동안 '이 시각 세계의 1면'을 진행했습니다. 3I(informative, insightful, inspiring) 라고 하죠. 빠른 정보를 토대로 통찰과 용기를 뉴스에 담는 것, 박세정 님의 6분은 프로그램의 지향점을 확인하는 시간이었습니다. 세계 신문의 1면 화면과 자막만을 가지고 시청자를 끌어당기려면 무엇이 필요할까요? 국제뉴스 전문 아나운서의 자신감 있는 눈과 목소리의 비밀, 〈당연히 아나운서니까〉에서 확인하시길 바랍니다.

'해 볼만한 아침 M&W' 前 팀장

유 재 우 KBS PD

솔직하게,
잔인할 만큼 솔직하게

책을 쓰면서 가장 중요하게 여긴 가치는 솔직함이었습니다. 아나운서라는 직업에 대한 편견을 깨고 싶었거든요. 무엇보다 아나운서 후배들에게 실질적인 도움을 주고 싶었습니다.

2024년 현재, 대한민국의 아나운서, 영어 MC가 마주하는 현실에 대해 잔인할 만큼 솔직하게, 구체적으로 쓰려고 노력했습니다.

영어 MC가 궁금한 아나운서 지망생에게

이 책은 저의 성공 노하우를 알려주는 책이 결코 아닙니다. 성공의 의미는 주관적이니 정의하기 힘들기도 하지만, 저는 '이미' 성공한 사람이 아니라 '여전히' 전진하는 현재 진행형 아나운서거든요. 제가 감히 아나운서 업계를 대표한다고 말할 수도 없고, 저보다 훌륭한 역량을 지닌 동료들도 많습니다.

다만 '국제뉴스 전문 아나운서'라는 특성이 있고, 우리나라에서 영어 MC로 가장 활발하게 활동하는 사람 중 한 명이니 이 부분에 대해서는 누구보다 제대로 짚어낼 수 있다고 생각합니다.

영어 MC 지망생들에게 엄청나게 많은 메시지를 받습니다. 지금까지 적어도 300건은 받은 것 같습니다. 1년에 1회 진행하는 무료특강 공지를 올리면, 하루 만에 20명 정원이 꽉 찹니다. 그만큼 참 많은 분들이 이 분야에 대해 궁금해하고 이 직업을 원한다는 뜻이겠죠. 관련 정보를 개인이 쉽게 구하기 어렵다는 의미이기도 합니다. 그래서 저는 용기를 냈습니다. 불편하지만 누군가는 꼭 해야 하는 얘기를 해보겠다고요.

지극히 평범한 사람의 생존 스토리

그저 아무런 배경도, 힘도, 특별한 무기도 없는 지극히 평범한 사람이 치열한 이 업계에 진입해서 어떻게 살아남았는지 공유하고 싶습니다. 어떻게 나만의 무기를 찾고 발전시켰는지, 앞으로 어떤 미래를 기대하는지도 담았습니다. 어찌 보면 아나운서로서 마주하는 냉혹한 현실에 대한 고백이면서, 박세정이라는 한 개인의 삶과 철학을 꾹꾹 눌러 담은 책이기도 합니다.

"평범의 연속이 비범을 낳는다."

아쉽게도 아직 비범해지진 못했습니다. 하지만, 포기하지 않고 달려온 하루하루가 제 삶에 특별한 양념을 더했고, 이제는 제법 간이 잘 배었습니다.

이 순간 특별할 것 하나 없는 일상을 버텨내고 있다면, 꿈꾸는 나와 현실의 내가 너무 달라 괴롭다면, 그래도 힘내주세요. 그 일상이 여러분을 특별하게 만들어 줄 겁니다.

지극히 평범한 제가 들려드리는 이야기를 통해 내일과 내 일에 대한 희망을 품어주시길 진심으로 바라며.

박 세 정 올림

CONTENTS

제1부
아나운서

ANNOUNCER

Q 국제뉴스 전문 아나운서, 국제회의 영어 MC, 각종 공식 행사 진행 등 여러 가지 일을 하고 있는데, 직업을 '아나운서'라고 소개하는 이유는?

A 당연히 '아나운서'라고 소개합니다. 모두 아나운서가 하는 일이니까요. 예를 들면, 의사가 진찰도 하고 수술도 하죠? 마찬가지로 아나운서가 방송 프로그램 진행도 하고, 국제회의나 공식 행사 진행도 합니다. 방송이 진찰, 국제회의나 공식 행사가 수술이라고 생각하시면 이해가 쉬우실 거예요. 외과 의사 중에서 간담췌외과(간, 담도, 췌장을 집중적으로 수술하는 분야) 전문의가 있는 것처럼, 아나운서 중에서도 국제뉴스 전문 아나운서가 있는 것이고요.

한마디로 아나운서와 국제회의 영어 MC, 공식 행사 MC는 다른 직업이 아닙니다. 아나운서 중에서 공식 행사를 잘 진행할 만한 실력과 경력을 지닌 사람들이 행사 진행을 하는 것이고, 그중에서 영어로 진행이 가능한 사람은 국제회의 진행까지 일의 영역을 확대하는 것이니까요.

공식 행사와 국제회의는 수백 명 앞에서 하는 생방송과 같습니다. 그래서 충분한 방송 진행 경험을 통해 역량을 쌓은 후에 시작하게 됩니다. 의사가 아닌 사람이 수술을 집도하면 안 되는 것처럼, 아나운서가 아닌 다른 직군의 사람들이 국제회의나 공식 행사를 진행하면 안 되는 것이죠.

아나운서가 하는 일이 생각보다 다양하죠? 하지만, 국제뉴스 전문 아나운서도, 국제회의 영어 MC도, 공식 행사 MC도 사실, 하는 일은 같습니다. 바로 '진행'입니다.

지금도 수많은 아나운서들이 전문 진행자로서 사명감을 지니고, 방송이든 행사든 능숙하게 '진행'하기 위해 최선을 다하고 있답니다.

Q 처음부터 아나운서가 꿈이었는지?

A 아빠, CNN, 서태지 덕분에 시작된 꿈이었습니다. 저는 어릴 때부터 '정의로운 사회란 무엇인가?'에 대한 생각을

자주 했어요. 초등학생 때, 반에서 따돌림 당하는 친구가 있다는 걸 알고 학급 회의를 열어서 친구들과 함께 해결책을 찾았던 기억이 있고요. 중학생 땐, 시험 등수를 공개하고 등수에 따라 자리 배치를 해주신 담임선생님께 학급 대표로 찾아가서 '인권 침해'라며 항의했던 기억도 있습니다. 고등학생 땐, 전국 토론대회에 나가서 '두발 자율화'에 대한 의견을 피력해 대상을 받고, 실제로 경기도 고등학생의 두발 자율화를 이끌었던 적도 있었습니다. 늘 그런 쪽에 심취해 있다 보니, 당연히 법조인이 되겠다는 목표를 세웠어요.

그런데 어느 날, '법조인이 되면 이 사회의 어두운 면만 보게 되진 않을까?' 하는 걱정이 됐어요. 항상 부정적인 사건들과 마주하는 일상을 제가 버텨낼 수 있을지 확신이 서지 않았죠. 고2 때였는데, 그때 정의 구현을 하면서도 어두운 면만을 보지는 않을 직업이 뭘까 고민하다가 아빠가 그런 일을 하고 있다는 걸 새삼 깨닫게 됐습니다.

아빠는 신문 기자 생활을 20년 넘게 하시다가, 이후 약 15년 동안 사설과 칼럼을 쓰셨어요. 칼럼니스트로서 매주 2편의 칼럼을 쓰면서 대학교에서 강의를 하셨는데, 특히 글을 통해 이 사회가 인지하지 못하고 있는 문제를 제기하고, 날카롭게 비판하며, 사회 구성원들에게 한 번 더 고민해 볼 기회를 주고 있다고 느꼈습니다. 그래서 '나도 아빠를 따라 기자가 되어야겠다.'하고 마음먹게 되었죠.

그러다, 고3이었던 2001년 9월 11일, 영어 공부하려고 틀었던 미국 방송이 제 인생을 바꿨습니다. 당시 CNN 앵커가 911테러에 대해 전하는 모습을 봤는데, 소름이 끼치면서 가슴이 뜨거워졌어요.

저 엄청난 비극 속에서, 시청자를 위해 최대한 감정을 조절하며 천천히, 담담하게 뉴스를 전하는 앵커의 모습을 보고 '내가 저 자리에 서야겠다.'라는 생각을 했습니다. 앵커의 모습이 멋있어 보인 것도 사실이지만, 국민이 위기에 처했을 때 제일 먼저 의지할 대상이 뉴스 앵커라는 생각을 했거든요. 제가 직접 그 위기를 해결할 순 없겠지만, 적어도 제가 가진 역량을 발휘해서 국민을 위로하고, 검증된 사실을 전하겠다고 다짐했습니다. 기자에서 아나운서로 목표를 바꾼 것이죠.

처음엔 뉴스 앵커라는 목표를 세웠는데, 책을 읽다 보니 한국에서는 아나운서가 뉴스 보도를 포함한 다양한 프로그램을 진행한다는 걸 알게 되었습니다. 인터뷰도 그중 큰 부분이고요. 그래서 저는 이런 꿈도 꾸기 시작했습니다. '서태지를 인터뷰하고 싶다.' 저는 1992년부터 30년 넘게 서태지의 팬입니다. '태지 마니아'라고 세상에 알리고 지낼 정도죠. 내가 좋아하고 존경하는 뮤지션 서태지 씨를 직접 만나 인터뷰하겠다는 목표를 세우면서, 아나운서라는 직업에 좀 더 가깝게 다가가게 되었습니다. (아직 그 목표를 이루진 못했는데요. 서태지 씨도, 팬들도 제 존재를 알고 있거든요. 그래서 언젠가는 반드시 만날 날이 올 거라고 기대하고 있답니다.)

그 어렵고 복잡한 언론 고시에 합격해서 아나운서가 되기까지도 어려움이 참 많았고, 되고 나서도 아나운서로서 단단하게 경력을 쌓아가는 과정이 순탄하진 않았습니다. 흔히 커리어로드맵이라고 하잖아요? 아나운서는 연차에 따라 어떤 일을 맡게 될지 예상하기가 어려워서, 구체적인 목표를 설정하고 전진하는 게 쉽지 않거든요.

참 신기하게, 어려운 과정을 겪으면 겪을수록 이 직업에 대한 애정이 더 커지더라고요. 많은 시간과 에너지, 노력을 들여 힘들게 얻은 직업이라 그런지 더욱 소중하기도 하고, 각박한 대한민국의 방송계에서 참 애써서 이 직업을 유지하며 경력을 쌓아오다 보니 사명감과 책임감이 더욱 생겼습니다.

배우 남궁민 씨가 tvn 예능 프로그램 '유퀴즈'에 나와서 이런 얘기를 했어요. "연기를 못하는 것엔 화가 나지 않지만, 연기를 쉽게 보는 것에는 화가 난다." 저는 이 말에 공감을 넘어 동감했습니다.

아나운서라는 '직함을 얻는 것'도 결코 쉽지 않은 일이고, 아나운서로서 '진행을 잘하는 것'은 더욱 쉬운 일이 아닙니다. 누구나 할 수 있는 일이지만 아무나 할 수는 없는 일이죠. 그래서, 정당한 자격을 갖추지 않고 아나운서라 사칭하며 경제 활동을 하는 사람들에게 화가 납니다. 아나운서가 갖춰야 할 자격과 직업윤리에 대해 고민하고, 그 자격을 갖추기 위해 오랜 시간 많은 에너지를 들여 노력하고, 비로소 시험을 통과해 자격을 갖춘 후에, 녹록지 않은 방송국 생활을 버텨내야만 그 과정에서 실력이 늘 수밖에 없는 일이 이 일이니까요.

다른 직업도 마찬가지입니다만 아나운서라는 직업을, 아나운서가 하는 일을 쉽게 봐선 안 된다고 생각합니다. 아나운서가 하는 일은 방송국 공채 시험을 준비한 적조차 없는, 심지어 다른 직업을 갖고 있는 사람이 부업처럼 할 수 있는 일이 절대 아닙니다. 방송국 공채는 합격하기가 너무 어려우니까 그 과정을 생략하고, 방송국에서 아나운서로 채용돼 일해 본 경력이 없는 상태에서, 단발성 섭외가 가능한 행사 MC로 일하는 사람들이 최근 몇 년 사이 크게 늘고 있습니다.

자격이 없는 것은 물론이고, 실력도 진짜 아나운서에 비해 당연히 떨어집니다. 그래서 진행료를 낮춰서 받는 경우가 대부분이고, 업계의 수준을 낮추는 결과를 초래하게 되는 것이죠. 특히, 국제회의 영어 MC 분야에서 이런 분들이, 극단적으로 표현하면 이런 사기꾼들이 많은데, 이 문제는 다음 챕터에서 자세히 다루겠습니다.

Q 아나운서가 되는 방법은?

Ⓐ 크게 두 가지 방법이 있습니다. 아나운서 공개채용 시험에 합격하는 것과 프로그램의 캐스터 채용 시험에 합격한 후 경력을 쌓고 앵커 혹은 아나운서로 일을 시작하는 것(흔히 '입봉'이라고 표현)입니다.

먼저 공채 시험에 대해 설명해 볼게요. 보통 아나운서 공채는 카메라 테스트, 필기시험, 직무 능력 평가, 그룹 면접, 최종 면접으로 진행됩니다.

카메라 테스트에서는 스튜디오에 10명 정도의 지원자들이 함께 들어가서 순서대로 뉴스를 읽게 되는데, 한 지원자에게 15-20초 정도의 시간이 주어집니다. 지상파 공채의 경우 최종 1-2명을 선발하는데 보통 1천 명 이상이 시험에 응시하고, 카메라 테스트에서 50-100명 정도만 합격하게 됩니다. 그만큼 짧은 시간 안에 평가받는다는 의미가 되는데요. 그래서 발성, 발음, 뉴스 리딩 실력, 이미지가 중요합니다.

필기시험은 방송국에 따라 분야가 살짝 달라지긴 하지만, 기본적으로 우리말(국어), 시사상식, 방송학, 논술, 작문 시험을 보게 됩니다. 2차 필기시험에서 20명 정도가 합격하는데요. 그만큼 아나운서 공채는 1, 2차에서 많은 지원자가 탈락하는 형식의 시험입니다.

3차 직무 능력 평가에서는 뉴스 리딩, 프로그램 진행, 즉흥 스피치, 토론, 면접이 그룹 형태로 진행되고, 마지막 단계인 최종 면접에서는 한 명의 지원자가 임원들을 비롯한 5-6명의 면접관과 인터뷰를 하게 됩니다. 케이블TV나 종합편성채널에서는 지상파보다는 약식으로 공채를 진행하는 경우가 많습니다.

지상파와 종편은 방송국의 직원으로 선발하는 반면, 케이블TV는 한 프로그램의 진행자로 선발하는 경우가 대부분이기 때문에 시험 자체는 덜 복잡하지만 장기 고용의 보장이 안 되는 특성이 있습니다.

기본적으로 아나운서 공채는 매우 어려운 시험입니다. 필기시험만 해도 여러 과목을 공부해야 하는데, 실기에 면접, 방송 이미지 만들기까지 해야 하니 준비할 것도 많고 복잡하죠. '언론고시'라 불리는 이유가 있는 겁니다. 시험의 각 단계에 대해서는 따로 설명해 드리겠습니다.

두 번째 방법에 대해 한마디로 정리하면, 실기 중심의 시험을 보고 방송을 시작한 후 경력을 쌓아서 아나운서 타이틀을 얻는 겁니다. 예를 들어볼게요. 케이블 경제 TV 채널에서 오후 1시 증시 프로그램의 캐스터를 선발하는 채용 공고가 났다고 가정해 봅시다. 이 경우엔 방송국에 고용되는 것이 아니라 프로그램과 계약을 하게 되고, 실기 중심의 시험이 진행됩니다. 보통 카메라 테스트, 직무 능력 평가, 면접이 이뤄지는데, 방송국의 규모에 따라 달라지긴 하지만 100-200명 정도가 지원하고 1명이 선발됩니다. 아나운서 공채보다는 경쟁률도 낮고 시험 과목도 적죠. 진입 장벽이 상대적으로 낮다고 볼 수 있습니다. 하지만, 보통 한 프로그램과 1년에서 2년까지 계약하기 때문에, 계약 기간이 끝나면 다시 다른 방송국에 시험을 봐야 하는 상황이 됩니다. 그런데, 한 프로그램의 캐스터로 채용되어 경력을 쌓고 실력을 인정받으면, 같은 방송국 또는 다른 방송국에서 다른 프로그램의 캐스터로 일할 기회가 주어지고, 4-5년 정도 경력을 쌓고 나면 아나운서 타이틀을 얻게 되어 메인 진행자로 방송을 할 수 있게 되기도 합니다.

여기서 기억해야 할 점! 공채를 통해 아나운서가 되었어도 지상파가 아닌 케이블TV 공채에 합격하면, 보통 2년 계약 후 다른 방송국에 다시 시험을 봐야 한다는 것입니다. 단, 이미 아나운서 시험에 합격한 것이기 때문에, 다른 방송국에서는 프로그램 진행자 오디션 형태로 간단한 시험을 보는 경우가 많습니다. 공채 자체를 또 보지는 않아도 되는 것이죠. 물론, 방송국 사정과 개인의 역량에 따라 이 부분은 차이가 큽니다.

저는 2007년 전국 케이블TV 아나운서 공채에 합격하면서 아나운서가 되었고, 리빙TV에서 아나운서로 일한 후에는 복지 TV, CJ 창원 방송국, CNM 경기 케이블TV, YTN dmb 에서 간단한 오디션을 본 후 아나운서로 일할 수 있었습니다. 그 후 한국경제TV, SBS CNBC(현 SBS biz), 스포티비 (SPOTV), KBS에서는 섭외를 받아서 일했고, 현재도 다양한 방송국에서 섭외 요청을 받으면 여러 가지를 고려해 방송국과 프로그램을 선택해서 일하고 있습니다.

정리하면, 지상파 3사(서울 본사에 한함) 방송국 공채에 합격한 아나운서는 퇴직 전까지 고용을 보장받지만, 그 외에는 공채나 프로그램 캐스팅 합격 후 일하다가 계약 기간이 끝나면 다시 시험을 보거나 간단한 오디션을 봐야 하는 것입니다.

시험 혹은 오디션 과정을 계속 거치면서 어느 정도 경력이 쌓이고 업계에서 실력을 인정받으면 역으로 방송국에서 섭외를 받아 일하게 되는 흐름이죠. 저는 감사하게도 공채 합격 후 오디션을 거쳐 방송국으로부터 섭외를 받는 과정으로 일을 해왔습니다.

안타깝게도 지상파 방송국 서울 본사가 아닌 케이블 TV나 종합편성채널, 지역 방송국에서 아나운서 시험에 합격한 사람들의 80% 이상은 방송국에서 섭외를 받아 일하는 단계에 진입하지 못하는 것이 현실입니다.

정당한 과정을 거쳐 아나운서 직함을 얻고 5년 이상 일한 경력이 있는데도 방송국에서 섭외를 받지 못해 '전 아나운서'의 위치에서 일자리를 구하려 노력하는 후배와 동료들이 너무나 많은 것이죠. 저 혼자 일을 많이 한다고 마냥 기뻐할 수는 없는 이유이기도 합니다.

Q 아나운서 공채 필기시험 준비 요령은?

A 아나운서 공채의 필기시험 과목은 보통 시사상식, 국어, 논술, 작문, 방송학 개론으로 구성돼 있습니다. 상황에 따라 기사 작성이나 원고 작성이 추가되기도 하고, 국어는 KBS 한국어 능력 시험 점수로 대체되기도 합니다. 서류 전형이 없는 경우에는 영어 시험을 볼 때도 가끔 있는데, 토

익이나 텝스, 토플 점수로 대체되기도 합니다. 또한, 앞서 말씀드렸던 것처럼 방송국의 규모나 상황에 따라 필기시험 과목은 축소되는 경우도 많습니다.

제 경험을 토대로 말씀드리면, 지상파 서울 본사 공채에서는 위에 언급한 모든 과목을 필기시험 때 다 봤지만, 지역 지상파 공채에서는 국어와 시사상식, 기사 작성만 봤습니다. 케이블TV 중 경제 채널 캐스팅 오디션을 볼 때는 경제 상식과 원고 작성 시험을 봤고, 영어 필기시험 대신 직무 능력평가 때 영어 인터뷰 시험을 본 적도 있습니다. 기본적으로 아나운서로서의 업무 능력을 갖추기 위해 필요한 과목을 시험 본다고 생각하시면 될 것 같습니다.

국어 시험 팁부터 알려드릴게요. 지상파 이외의 채널에서는 국어 시험을 보지 않는 경우도 많지만, 적어도 기사나 원고 작성 시험은 보기 때문에 국어 능력을 갖추는 건 필수입니다. '아나운서는 국민의 국어 교사'입니다. 그만큼 아나운서 시험에서 국어 과목은 매우 중요한 부분을 차지합니다. 또한, 아무리 한국에서 나고 자라 한국어 원어민인 데다 수능 국어 시험 점수도 좋았고, 평소에 책을 많이 읽었다 해도, 국어 능력을 시험으로 평가해보면 심각성을 깨닫게 됩니다. 저도 처음에 KBS 한국어 능력 시험을 보고 꽤 놀랐거든요. 어릴 때부터 책도 많이 읽었고, 중학생 때부턴 신문 스크랩도 한 데다가 논술대회에선 늘 대상을 받았는데도 시험이라는 건 또 달랐어요. 저도 모르게 우리말을 구사할 때 여러 가지 실수를 하고 있더라고요.

구체적으로 정리해 보면, 맞춤법과 띄어쓰기, 외래어 표기법, 표준 발음, 문장 구성 원칙 관련 내용을 자세하게 공부할 필요가 있습니다. 공무원 시험 대비용으로 나온 교재들이 서점에 꽤 많아요. 저는 4권으로 구성된 책을 사서 종이가 너덜너덜해질 때까지 공부했습니다. 지망생일 때 열심히 공부한 덕분에 아나운서가 된 후에는 덜 힘들게 일할 수 있었어요. 또한, 표준어 규정은 시대의 변화에 따라 달라지는 경우가 많기 때문에, 매해 변화된 부분을 점검해서 익혀야 합니다.

두 번째, 시사상식 시험 대비 방법입니다. 크게 두 가지로 구분해서 공부하시면 편한데요. 먼저 일반 상식을 공부하고, 현재 세상에서 일어나고 있는 일, 즉 시사를 공부하면 됩니다. 일반 상식도 국어와 마찬가지로 공기업이나 공무원 시험 대비용 책으로 공부할 수 있습니다.

약 400쪽 정도 되는 두꺼운 책에 경제, 사회, 정치, 문화, 예술, 방송 등 카테고리가 구분돼있고, 우리가 대한민국의 사회인으로서 알아야 하는 기본 상식이 담겨 있습니다. 용어 중심으로 설명이 되어있는데, 저는 적어도 그 책의 70-80% 정도는 통달해야 한다고 생각합니다. 물론 그렇게까지 하지 않아도 아나운서 시험에 합격할 수도 있고, 문제 없이 일할 수도 있겠지만 결코 오래, 업계에서 인정받으며 일하긴 어렵다고 보기 때문입니다.

제가 아나운서로 20년 가까이 일을 해보니 더욱 체감하는 부분입니다. 시사상식은 2-3개월에 한 권씩 나오는 책을 사서 내용을 숙지하는 방법도 있고, 매일 신문 스크랩을 하면서 공부하는 방법도 있습니다.

저는 언론인이셨던 아빠의 영향으로 중학생 때부터 신문 스크랩을 했는데, 대학생 때 쉬다가 4학년 때 아나운서 공채 준비를 하면서 다시 시작했거든요. 시간과 에너지가 많이 드는 고된 작업이시만, 사회 이슈에 대해 깊게 이해하고 숙지한 내용을 말이나 글로 표현하는데 도움이 되었기 때문에 후배들에게 적극적으로 추천하고 있습니다.

세 번째, 방송학 개론 과목을 공부하는 방법을 짚어 드릴게요. 저는 신문방송학과 (또는 언론정보학과)의 교재를 얻어서 읽었고, 기출 문제집을 사서 풀어봤어요. 이 과목은 상대적으로 문제가 쉽게 출제되기 때문에 기본적인 개념을 이해하고 기억하면 충분히 통과할 수 있습니다.

마지막으로 논술과 작문 시험은 최대한 글을 많이 읽고 많이 써봐야 합격할 수 있습니다. 앞서 언급한 신문 스크랩이 논술 시험에도 큰 도움이 되었습니다. 아나운서 공채에서 논술 시험의 주제로는 시사적인 이슈가 주로 나오거든요. 예를 들어, "사회 혼란기, 언론인의 역할은 무엇인가?"라든지, "제노포비아(외국인, 또는 이민족 집단에 대한 혐오 현상) 관련 사건을 해결하는 방안은 무엇인가?", "역대 정부의 대북 정책에 대한 견해를 서술하시오." 같은 문제들이 시험에 나왔습니다.

사실 저는 아빠의 칼럼을 필사하는 작업도 꽤 했었고, 학생 때부터 토론대회와 논술대회에서 늘 가장 높은 상을 받아왔던 터라 논술 준비는 이미 되어있는 상태였습니다. 심지어, 이번 시험에 이 주제가 나올 것이라고 예상하면 그게 그대로 나왔어요. (그래 너 잘났다.'라고 생각하셨나요? 그런데 이게 제 발목을 잡았습니다. 저는 작문도 논술처럼 썼거든요.)

작문 시험의 주제는 '커피', '강남역 6번 출구', '암 병동' 같은 것들이 나왔어요. 저는 창의력과 재치, 문장력을 보여줘야 하는 작문 시험에서도 사설 같은 글을 썼습니다. '강남역 6번 출구'라는 주제를 가지고 판타지 소설에 가까운 기발하고도 센스있는 글을 쓴 지원자가 높은 점수로 합격한 그 해에, 저는 불특정 다수가 마주치는 지하철역에서 일어나는 사건 사고에 대해 묘사하면서 이를 예방하지 못하는 사회 시스템과 대한민국 법의 문제점을 비판했어요.

글 자체는 좋았을지 몰라도 작문 시험에서 요구하는 글은 아니었습니다. 당시 아빠에게 일주일에 한 편 정도 글을 써서 첨삭을 받았는데, 아빠는 제 글에 온기가 없다는 피드백을 해주셨어요. 그리고 평소에 대화할 땐 넘치는 재치가 글에서는 발현되지 않아서 아쉽다는 말도 하셨죠.

덕분에 시작한 게 '작문 노트'였습니다. 제가 스무 살 때부터 즐기고 있던 취미 생활이 있었거든요. 바로 Devil's advocate 인데요. 책을 읽으면서 저자의 의견이 담긴 문장을 노트에 받아 적고, 일부러 그 반대 의견을 써보는 섭니다. 저자의 의견에 동의하는데도 억지로 반대를 해보는 거죠.

예를 들어, "너무 아픈 사랑은 사랑이 아니다."라는 문장이 있으면, "아프면 아플수록 더 진짜 사랑이다."라는 명제를 가지고 근거를 적어보는 거예요. 아나운서 공채를 준비하기 전에는 이걸 그냥 놀이처럼 했는데, 아빠의 피드백을 받은 후부터는 공부할 때 '작문 노트'를 활용했고, 이 놀이(?)가 체계를 갖추기 시작했습니다.

6개월 정도 꾸준히 하고 나니, 드디어 논술과 작문을 구분할 수 있게 되더라고요. 모든 아나운서 지망생이 제가 한 방법을 그대로 하실 필요는 없지만, 자신만의 방법으로 '글 쓰는' 연습은 반드시 하시길 바랍니다. 아나운서는 '말을 하는' 직업이지만, 글과 말이 직접적으로 연결되는 건 어찌 보면 당연한 일이니까요.

Q 카메라 테스트 준비 요령은?

A 아나운서 공채 시험은 서류 전형 없이 바로 카메라 테스트를 진행하는 경우가 대부분입니다. 그렇다고 각종 공인 시험 점수나 자기소개서가 필요 없다는 것은 아닙니다. 제출한 서류는 면접 때 활용되니까요. 최근에는 카메라 테

스트 전에 동영상을 제출해 1차 심사를 하는 방송국도 꽤 많은데, 공통점은 '실기'가 중심이 되는 시험이라는 것입니다. 앞서 설명한 것처럼, 지상파 공채에는 1천 명 이상이 지원해서 최종 1-2명이 선발되고, 규모가 상대적으로 작은 케이블TV 공채에도 최소 100-200명이 지원해서 1명이 선발됩니다. 경쟁률이 매우 높은 시험이죠. 특히, 카메라 테스트에서 70% 이상이 떨어지기 때문에 카메라 테스트는 그만큼 중요합니다.

카메라 테스트에서는 보통 주어진 원고를 보며 뉴스 리딩을 하는데요. 상황에 따라 MC나 리포팅 원고를 읽을 때도 있습니다. 10명 정도가 스튜디오에 함께 들어가서 순서대로 리딩을 하고, 한 지원자에게 20초 정도의 시간이 주어집니다. 앞 팀이 테스트를 받고 있을 때, 10-20분 전쯤 대기실에 들어가 원고를 받아 연습하다가 스튜디오로 들어가게 되죠.

여기서 알 수 있는 사실은 원고를 연습할 수 있는 시간이 매우 짧거나 없는 상태에서 시험을 치러야 한다는 것입니다. 지원자에게 단 20초 정도밖에 주어지지 않는데, 그 짧은 시간 안에 합격 여부가 결정되는 무서운 시험이라는 뜻이죠. 그만큼 음성과 외모, 원고 리딩 실력이 뛰어나야 1차 시험에 합격할 수 있습니다.

제가 공채 시험 지원자였을 땐 이 시스템이 부당하다고 생각했습니다. 어떻게 20초 안에 합격 여부를 결정할 수 있다는 건지, 이해가 되지 않았죠. 하지만 시간이 흘러 심사위원의 자리에 서게 되니, 이 시스템을 온전히 이해하게 되었습니다.

"안녕하십니까. 수험번호 000번 000입니다."

이 한 문장만 들어도 50% 이상은 판단이 서고, 뉴스를 두 문장 정도 읽었을 때 확신이 생기거든요. 그렇다면, 20초 안에 심사위원에게 확신을 주려면, 무엇을 어떻게 준비해야 할까요?

먼저 듣기 좋은 중저음의 풍성한 음성을 만들어야 합니다. 진짜 아나운서와 아나운서를 사칭하는 사람들의 가장 큰 차이가 음성이 아닐까 싶어요. 말을 할 때 제대로 된 발성으로 좋은 소리를 내려면 엄청난 노력을 해야 하거든요. 단 몇 개월 만에 해낼 수 없는 부분이다 보니, 제대로 시험을 준비하고 노력해서 합격한 사람이 아니면, 음성을 들었을 때 바로 차이가 느껴집니다.

아나운서들이 고음이 아닌 중저음으로 발화하는 이유는 오랜 시간 동안 들어도 피로감을 느끼지 않는 음역대가 중저음이기 때문입니다. 사람에 따라 각자 음색도 다르고, 소리를 내기 편한 음역대도 다른데요. 자신이 편안하게 낼 수 있는 소리의 음역대 안에서 풍성한 중저음을 낼 수 있도록 훈련해야 합니다.

이 과정에서 가장 필수적인 부분이 복식 호흡과 발성 연습입니다. 물론 처음부터 소리를 내는 방법을 체득하고 있는 지원자들도 있고, 금방 그 방법을 터득하는 지원자들도 있지만, 몇 년씩 노력해야 방법을 습득하는 지원자들도 있습니다. 좋은 소리를 만드는 과정이 가장 오래 걸리고, 노력의 결과가 시원하게 나오지도 않아서 포기하는 지원자들도 꽤 많습니다. 잘못된 방법으로 아나운서 발성을 흉내 내다가 결국 성대가 상해서 일을 그만둬야 하는 경우도 적지 않습니다. 그래서 전문가의 도움을 받아 복식 호흡과 발성법을 배우고, 꾸준히 연습해서 자신이 낼 수 있는 최상의 소리를 찾아내는 것이 중요합니다.

저는 어릴 때부터 음색이 맑고 상대적으로 소리가 커서 아나운서 공채 시험을 준비할 때 약간은 유리한 위치에 있었습니다. 하지만, '아성' 때문에 고통의 시간을 겪어야 했어요.

'아성'은 어린아이의 목소리를 뜻하는데, 저는 세 자매 중 막내인 데다 애교가 많은 성격이라 저도 모르게 어린아이처럼 말하는 습관이 몸에 배어 있었거든요. 제대로 된 발성법을 모르는 상태에서 아나운서의 중저음을 따라 하다 보니 어미가 잠기고, 소리를 낼 때 몸도 불편했어요. 그렇다고 제가 내기 편한 소리로 뉴스를 읽으면 너무 톤이 높아 신뢰감을 주기 어려웠죠.

처음에는 무작정 목소리 톤을 낮춰야 하는 줄 알고, 목을 눌러 소리를 냈는데, 처음엔 괜찮게 들리다가도 시간이 흐르면서 불편한 소리가 나오더라고요. 그래서 매일 일상에서 복식 호흡을 연습했습니다.

아침에 일어나자마자 침대에서, 운전하면서 앉은 상태로, 걸어 다니면서도 복식 호흡을 하려고 노력했어요. 처음엔 현기증이 나기도 하고, 속이 울렁거리기도 했습니다. 그리고 복식 호흡이 된다고 해도 실제로 말을 할 때 그 호흡법을 적용하기가 어려웠죠. 그래도 역시 시간과 에너지를 들인 일에는 결과가 있더라고요.

아나운서 시험을 준비하기 시작한 이후 6개월 정도 매일 연습하고 나니 저도 모르게 중서음으로 발화하는 게 편해지고, 호흡도 길어졌습니다. 호흡이 길어지니 뉴스를 내용의 흐름에 맞게 끊어 읽는 것도 가능해지고, 오래 연습을 해도 소리가 잘 나오는 걸 느꼈어요. 그리고 제 목소리는 처음부터 중저음이었는데, 성격 때문에 성대를 눌러 높은 톤으로 말해왔다는 사실도 알게 되었습니다. 발성을 제대로 한 후부터는 시험 준비 과정이 덜 힘들었고, 1차 카메라 테스트에서 합격하는 확률도 두 배 이상 높아졌습니다.

두 번째로 뉴스나 MC, 리포팅의 원고 리딩 연습을 해야 하는데요. 이때 올바른 발음으로, 내용이 잘 들리게 전달하는 것이 매우 중요합니다. 뉴스 리딩 방법은 독학으로 깨우치는 것이 거의 불가능합니다. 국내 아나운서 아카데미의 수강료가 매우 비싸서 이런 말씀 드리는 게 죄송하지만, 아카데미는 다녀야 합니다. 물론 전·현직 아나운서에게 개인 교습을 받을 수도 있고, 지원자들과 스터디그룹을 결성해 서로에게 가르침을 줄 수도 있는데요. 어떠한 방식으로든 전문가에게 제대로 교육을 받지 않은 상태에서 영상을 보고 혼자 연습하거나, 지원자들끼리 서로 피드백을 주고받을 경우, 잘못된 방식으로 뉴스를 전달하게 될 가능성이 매우 큽니다. 오히려 아무 연습을 안 했을 때보다 더 안 좋은 습관이 들기도 합니다.

최근 아나운서로 방송국에 고용되어 일하지 않은 사람들이 행사 MC로 일하는 경우가 꽤 있는데, 이 역시 마찬가지입니다. 제대로 교육을 받지 않고(교육을 받았더라도) 방송국 시험에 합격해서 일을 해보지 않았는데 실전에 투입되니, 잘못된 방식으로 원고를 읽게 되는 것이죠. 진행 능력을 쌓는 것은 또 다른 얘기이고, 기본적인 리딩 방식부터 검증받지 않은 상태인 겁니다.

냉정하게 들릴지 모르겠지만, 아나운서라는 직함을 얻기 위해서는 엄청난 노력과 시간, 에너지, 돈이 필요한 것이 현실입니다. 이 모든 걸 투자한 사람 중에서도 전문 진행자가 갖춰야 할 역량을 지니지 못하는 경우도 꽤 있습니다. 아나운서와 공식 행사 MC는 결코 만만하게 볼 수 없는, 진입 장벽이 꽤 높은 직업인 건 확실합니다.

외모 준비도 필요합니다. 아나운서는 연예인처럼 뛰어나게 예쁘거나 잘생길 필요는 없습니다. 하지만, 깔끔하고 단정하게 외모를 가꿔서 시청자들에게 신뢰감을 줄 수 있어야 합니다. 또한, 방송에 나오는 사람이기 때문에 외모를 가꾸는 것도 프로 의식의 한 부분이라 생각합니다. 그리고 씁쓸하지만, 대한민국 방송계에서 외모가 예쁘고 잘생길수록 유리하다는 사실을 부정하긴 힘듭니다.

카메라 테스트에서 20초 안에 심사위원들에게 좋은 인상을 주려면, 우선 자신에게 어울리는 메이크업과 의상, 머리 스타일을 찾아야 합니다. 아나운서 지망생들이 평소에도 전문가에게 메이크업을 받으며 얼굴의 장점을 극대화할 방법을 찾고, 다양한 의상을 구매해 입어보면서 자신에게 가장 잘 어울리는 스타일을 찾는 이유가 바로 이것입니다. 자신의 신체적 단점을 찾고 최대한 단점은 덜 드러나게 하되, 장점을 강조해서 경쟁력 있는 외모를 갖출 필요가 있습니다. 물론 외모가 뉴스 리딩 실력이나 발성보다 더 중요한 것은 아닙니다. 하지만, 우리는 TV를 통해 시청자들을 만나고, 대중 앞에 서서 일하는 사람들입니다. 따라서, 외모를 가꾸는 것도 업무의 중요한 부분 중 하나입니다.

지망생 때 저는 가족, 친구, 지인들과 편하게 대화를 나누며 제 외모의 장단점을 파악하기 위해 애썼습니다. 물론 저 스스로도 거울을 보며 고민을 많이 했고요. 제가 파악한 제 외모의 장점은 얼굴이 작은 편이라 비율이 괜찮다는 것이고, 단점은 어깨가 좁고 너무 말랐다는 것이었어요. 얼굴 안에서는 턱이 너무 뾰족하고 입이 너무 작은 게 신경이 쓰였고요.

2020년대인 지금은 턱이 뾰족한 얼굴형이 각광받고 있어서 다행입니다만, 제가 아나운서 시험을 볼 때 자주 들었던 피드백은 "너무 날카로워 보인다. 깍쟁이처럼 보인다."였습니다. 하지만 얼굴형은 위험한 수술을 받지 않고서는 바꿀 수 없는 부분이기도 하고, 저는 제 얼굴형을 좋아했기 때문에 그 부분은 과감하게 포기했습니다.

자, 그럼 먼저 장점을 극대화해야겠죠? 저는 키가 168㎝인데도 좋은 비율을 극대화하기 위해 13㎝ 하이힐을 신었습니다. 평소에도 하이힐을 신고 다니면서 편하게 걸을 수 있게 연습했죠. 다리가 긴 것을 강조하기 위해 미니스커트나 하이 웨이스트 바지 정장을 입었고, 머리를 짧은 커트로 잘라서 얼굴이 작은 것을 더 강조했습니다.

단점은 어떻게 감췄을까요? 저는 168㎝에 45㎏입니다. 독자분들은 부럽다고 생각하실 수도 있겠지만, 전혀요. 저는 너무 마른 게 늘 콤플렉스였어요. 특히 팔이 너무 가늘고 어깨가 좁아서 초라해 보이기 쉬웠습니다. 그래서 저는 제 실제 어깨보다 1.5㎝ 이상 어깨가 넓은 재킷을 맞춰 입었습니다. 지금도 옷을 맞추거나 구매할 때 어깨 치수에 가장 신경을 많이 씁니다. 팔이 너무 가늘어서 캡소매나 반팔 상의는 거의 입지 않고요. 여름에 반 팔을 입어야 할 땐 퍼프 소매로 그 부분을 가려줍니다. 얼굴형은 그대로 두되, 볼 터치를 밝고 넓게 해서 얼굴이 통통해 보이게 만들었고요. 입이 작은 것을 감추기 위해, 제 입술보다 약 1.2배 정도 두꺼워 보이게 오버 립 메이크업을 했습니다.

당시 아나운서 공채의 지원자들은 대부분 깔끔한 단발에 밝고 화려한 색깔의 재킷과 무릎 기장의 스커트를 입고 시험장에 왔습니다. 저는 과감하게 머리를 커트로 자르고, 블랙 재킷과 미니스커트를 입거나, 어깨가 큰 블라우스와 하이 웨이스트 정장 바지를 입었습니다.

전형적인 아나운서 스타일은 아니었지만 제 외모의 장점을 강조하고 단점은 감추는 전략이었죠. 당시 저를 가르쳐주시던 박경호 선생님의 제안이었는데요. 1차부터 4차까지 같은 옷을 입고 시험장에 갔는데도 이 전략은 통했습니다. 제가 실기와 필기를 거의 완벽에 가깝다고 생각할 만큼 열심히 준비한 상황에서 외모까지 전략적으로 가꿨을 때, 드디어 지상파를 포함한 큰 방송국의 최종 면접까지 올라가기 시작했고, 결국 2007 전국 케이블TV 아나운서 공채에 합격할 수 있었습니다.

Q 최종 면접은 어떻게 이뤄지고 어떤 질문을 받는지?

A 최종 면접은 다른 말로, '임원 면접' 또는 '사장단 면접'이라고 부릅니다. 쉽게 말해, 방송국에서 제일 높은 분들이 심사위원으로 오신다는 뜻이죠. 최종 면접에는 보통 5명 이하의 지원자가 올라가게 되는데, 1대 다 면접 방식입

니다. 지원자 한 명에, 심사위원은 5-6명 정도가 면접장에 들어오게 되죠. 보통 1시간 정도 시험을 보는데요. 1시간 동안 지원자 한 명에게 수십 개의 질문이 쏟아집니다. 매우 긴장되고, 어렵고, 힘든 과정이죠.

최종 면접은 자기소개서를 바탕으로 지원자의 철학과 인성을 파악하는 단계입니다. 이미 카메라 테스트, 필기시험, 직무 능력 평가에서 실력은 파악했으니, 마지막으로 이 지원자와 함께 일하고 싶은지, 방송국에 도움이 될 인재인지를 보는 것이죠. 그래서 압박 면접이 진행되기도 하고요. 이 부분은 일반 대기업 공채와도 다를 점이 없습니다.

하지만, 아나운서 공채의 다른 점은 '이 과정을 어떻게 정제된 언어로 잘 해결해 나가는가?'를 본다는 겁니다. 한마디로, 내용이 좋아도 말을 유창하게 못 하면 합격할 수 없는 거예요. 어찌 보면 당연한 거죠. 아나운서는 대중 앞에서 '말로' 진행을 하는 직업이니까요. 압박 면접을 할 때 다른 직군은 이 힘든 상황을 어떻게 해결하는가만 보겠지만, 아나운서 직군은 어떻게 '잘 말해서' 해결하나를 본다고 생각하시면 될 듯합니다. 생방송 사고가 일어났을 때 대처할 수 있는지, 극한 상황에서도 여유를 잃지 않고 진행할 수 있는지를 평가해야 하니까요.

최종 면접에서는 "오늘 떨어지면 어떻게 할 것인가?", "내가 다른 지원자보다 나은 점이 무엇인가?", "국장님과 마찰이 있을 때 어떻게 해결할 것인가?"와 같은 질문을 받습니다. 정답은 없는, 지원자의 성향에 따라 답이 달라질 수 있는 질문이죠.

심사위원의 마음에 들 수 있으면서도 내 솔직한 모습을 보여줄 수 있는 답변이 가장 좋은 답변입니다. 합격하기 위해 순간적으로 솔직하지 못한 답변을 하면, 그에 따른 꼬리 질문이 쏟아지면서 도망갈 구멍이 없어지는 경우가 많거든요. 실제로, 최종 면접장에 들어갔다가 울면서 나오는 지원자들을 꽤 많이 봤습니다.

저는 MBC 최종 면접에서 "타이거 우즈를 그렇게 싫어한다고요?"라는 질문을 받았습니다. 너무 놀랐지만 제가 자처한 일이었어요. 최종 면접 직전 직무 능력 평가에서, 한 심사위원께서 제가 입장하자마자 "스포츠 프로그램 진행하면 딱 어울리겠다. 타이거 우즈 인터뷰 한 번 해볼래요?"라고 하셨거든요. 저는 순간 기분이 나빴어요. 제 외모만 보고, 아무런 대화도 해보지 않으신 채 '스포츠에 어울리는 지원자'라고 단정 지으신 게 싫었거든요. 특히나 저는 시사에 관심이 많고 앵커의 꿈을 꾸고 있었으니까요. 그래서 제가 "타이거 우즈가 누구죠?" 했더니, 시험장의 분위기는 차갑게 식었습니다.

다행히 저에게 설명할 기회를 주셔서 잘 넘어갔지만, 사실 지금 생각해 보면 현명하지 못한 대처였죠. 심사위원들께서 패기 넘치는 지원자로 귀엽게 봐주신 덕분에 그 '사건'이 있었는데도 최종 면접에 올라갈 수 있었고, "타이거 우즈를 그렇게 싫어한다고요?"라는 질문을 받았던 겁니다. 첫 질문은 매우 당황스러웠지만, 웃으며 제 진심을 전했고 다행히 오해도 풀었습니다.

Q 아나운서가 하는 일은?

A 상투적인 시작이 될 수도 있겠지만, 일단 사전적인 의미부터 짚어볼게요. 영어로 announce는 '발표하다. 알리다. 공공장소에서 선언하다.'라는 뜻이죠. 그래서 announcer를 우리말로 번역하면 '발표하는 사람. 알리는 사람' 정도가 됩니다. 직업적인 의미의 아나운서는 '뉴스 보도, 사회, 실황 중계의 방송을 맡아 하는 사람 또는 직책' 입니다.

즉, 아나운서의 가장 근본적인 역할은 방송을 통해 뉴스를 전하는 '뉴스 앵커'로서의 역할이고요. 시사, 교양, 예능을 포함한 다양한 분야의 방송 프로그램을 진행하는 MC, 라디오 DJ, 상황에 따라 정보를 정리해서 전하는 캐스터, 현장 상황을 전하는 리포터의 역할도 하게 됩니다.

한마디로 '정보 전달을 주 업무로 하는 전문 방송 진행자' 인 것이죠. 방송 외의 일도 하는 경우가 꽤 있는데, 주로 정부 포럼이나 국제회의 같은 공식 행사 MC로 활동합니다.

많은 아나운서 지망생들이 아나운서가 경제방송 캐스터나 기상 캐스터, 리포터와 다른 점이 무엇인지 자주 물어봅니다. 물론 아나운서가 캐스터나 리포터 역할을 하는 경우도 꽤 있지만, 각각의 성격이 살짝 다릅니다. 아나운서는 정보 전달만을 하는 것이 아니라 정보를 취합해서 정리해 전달하는 '앵커'의 역할을 하기 때문이죠. anchor는 '닻'이라는 뜻이고, 닻은 바다에서 배를 정박할 때 쓰이는 도구입니다. 앵커가 뉴스의 '닻' 역할을 한다는 건데요. 쉽게 말하면 기자나 리포터가 취재해온 내용을 취합해서 전하고, 동시에 다양한 현안에 대해 견해(개인의 의견보다는 시청자의 깊은 이해를 돕기 위한 코멘트)를 밝히는 주도적인 역할을 하는 것이 앵커입니다.

한국과 일본에서는 아나운서가 앵커의 역할을 하고 있고요. 뉴스 이외의 다른 프로그램에서도 아나운서는 전하는 정보의 내용을 전반적으로 정리하고 초대 손님들을 어우르는 역할을 하죠. 방송 프로그램의 '최종 전달자'이자 '총 책임자'라고 볼 수 있는 겁니다.

공식 행사에서도 정해진 내용을 전하면서 동시에 상황을 정리하고, 행사 전체를 총괄하는 host (주인)로서의 역할을 합니다. 그만큼 '책임감'이 필요한 직업입니다.

씁쓸하게도 대한민국에서는 아나운서들이 '주어진 원고를 읽는 앵무새'라고 비판받는 경우가 많은데, 국내 방송계와 아나운서들의 반성이 필요한 부분입니다. 하지만, 동시에 시청자 여러분의 오해를 풀고 싶은 부분이기도 합니다.

Q 지상파 방송국 아나운서와 종편, 케이블TV 아나운서의 차이는?

A 채널의 종류에 따라 채용 방식과 고용 보장 여부, 계약 형태가 다르기 때문에, 외부 일(공식 행사, 타 방송국 프로그램 진행)을 할 수 있느냐 없느냐가 달라집니다.

먼저, 채용 방식은 지상파의 경우 서류 전형(상황에 따라 없는 경우가 많음), 카메라 테스트, 필기시험, 직무능력평가, 면접, 최종 면접을 거치게 되고, 종합편성채널이나 케이블TV, 지역 방송국, SO 방송국, 기업체 사내방송국에서는 같은 시험이지만 약식 절차를 거칩니다.

특히 스포츠 채널의 아나운서는 사실상 현장 리포터의 역할을 하는 직군이기 때문에 실기 시험 위주로 공채가 진행됩니다. 지상파 서울 본사 말고는 공채가 아닌 프로그램 캐스팅으로 아나운서를 채용하는 경우도 많고, 보통 1-2년 계약직 또는 프리랜서로 채용하게 됩니다.

지상파 서울 본사와 그 이외의 방송국들은 고용 보장 여부에서 큰 차이를 보입니다. 보통 지상파 본사(KBS, MBC, SBS 서울 방송국)에서는 아나운서가 은퇴 전까지 프리랜서 선언을 하지 않으면 고용을 보장받지만, 다른 채널은 그렇지 않습니다.

종합편성채널(JTBC, TV조선, 채널A, MBN)은 2010년 이후에 생겨 아직 15년이 채 안 된 역사를 지니고 있기 때문에, 20대에 신입으로 입사한 사원이 60대에 접어들어 은퇴한 사례는 아직 없습니다. 고용 보장 여부를 확신할 수 있는 자료가 아직 없다고 볼 수 있습니다.

케이블TV(한국경제TV, SBS biz, YTN, 연합뉴스TV 등), 지역 방송국(부산 MBC, 강원민방 G1, TBC 등), SO 방송국(서초 HCN, BTV 등), 사내방송국(우리은행, SK텔레콤, 한국수력원자력 등)은 보통 1-2년 계약을 하거나 프리랜서 계약을 합니다.

특정 프로그램의 진행자로 계약하는 경우도 많은데, 이때 계약서에 적힌 계약 기간은 현실적으로는 큰 의미가 없고 프로그램의 방영과 폐지 여부에 따라 고용 보장 여부가 달라집니다. 씁쓸한 현실이지만, 1-2년 계약을 하더라도 방송국 내부 사정으로 갑자기 계약이 종료되는 경우도 꽤 많습니다. 아나운서들이 법적으로 보호받지 못하는 시스템이라 지상파 서울 본사 이외의 아나운서들은 공채 합격 후에도 늘 고용 불안에 시달리죠.

실제로 저는 한 케이블TV에서 앵커로 일하다가 목요일 저녁에, 다음 주 월요일부터 앵커가 바뀌니 오지 않아도 된다는 얘기를 들은 적이 있습니다. 딱 나흘 전에 통보를 받은 것이죠. 그 상황에서 아나운서들은 화를 낼 수도 없고 매달릴 수도 없습니다. 오히려 괜찮은 척 담담하게 웃으며 알겠다고 대답해야 하는 것이 업계 현실입니다. 그렇게 하지 않으면 다음에 섭외 받기 어려워질 수 있으니까요. 저는 이미 이런 일을 20대 때부터 여러 번 겪어오면서 마음의 굳은살이 생겼습니다.

실제로는 담담하지 않더라도 그런 척 연기를 잘하게 되었고, 이 부분이 좋은 이미지를 만드는데 어느 정도의 역할을 하기도 했습니다. 개인적으로 참 별로라고 생각하는 문화인데, 대한민국 방송계에서 일하고 있으니 감당해야 하는 부분이라고 냉정하게 생각합니다. 당시에도 틀린 것을 틀렸다고 말하지 않고 그냥 넘어가자는 생각은 아니었습니다. 법적 절차를 밟아서 긴 싸움을 시작할 수도 있죠. 하지만 저는 저 혼자 당시의 고용을 이어가는 것보다는 조금 긴 호흡으로 방송계의 문화를 바꾸는 것이 저와 동료, 선후배들에게 더 도움이 될 것이라 생각했습니다. 그래서 영향력을 지니는 게 먼저라고 생각했고, 지금도 영향력을 확대하기 위해 노력하고 있습니다.

이런 불편한 일이 없이 고용이 최대 2년까지 보장된다 하더라도, 계약 만료 이후에는 다시 다른 방송국에 캐스팅 시험이나 오디션을 봐서 합격해야 일을 할 수 있습니다. 저는 감사하게도 경력 공백 없이 여러 방송국에서 일할 수 있었지만, 이렇게 이어서 일을 하는 경우는 전체의 20%도 안 되는 게 현실입니다. '이게 현실'이라는 말을 참 많이 하게 되는 이 현실이 참 씁쓸하네요.

제 경력을 돌아봤을 때, 물론 실력도 있어야 하지만 운도 무시할 수 없다고 생각해요. 그래서 이 감사함을 사회에 반드시 갚아야 한다는 생각을 하고 있습니다. 일할 기회를 얻지 못하고 경력 단절을 겪어온 동료들에 대한 미안함을 갚는 방법은 후배들이 저처럼 경력의 공백 없이 꾸준히 일할 수 있게 돕는 것이라 생각합니다. 그래서 여러 가지 활동을 하고 있는데, 이 얘기는 뒷부분에서 자세히 해드릴게요.

자, 그럼 여기서 이런 생각이 드실 거예요. 그 어려운 아나운서 공채에 붙어도 최대 2년까지만 고용이 보장된다니, 무조건 지상파 서울 본사에 들어가야겠네! 저는 과감하게 "아닙니다."라고 말하고 싶습니다. 고용의 안정이 주는 장단점이 분명히 있거든요.

첫째, 지상파 서울 본사에 입사하면 한 방송국에서만 일할 수 있고 외부 행사를 할 수 없습니다. 그래서, 프리랜서 신분으로 여러 방송국에서 일하고 행사 진행도 많이 하는 아나운서들에 비해 경제적으로 윤택해지기 힘듭니다. 쉽게 말해, 매월 월급을 받아서 안정적이지만 정해진 월급 이상의 돈을 버는 것은 현실적으로 어려운 것이죠. 지상파에서 시청자의 사랑을 많이 받은 아나운서들이 프리랜서 선언을 하고 연예인이 되는 이유에 이 부분도 크게 차지할 거라 생각합니다. 연예인이 되지 않더라도 아나운서로서 프리랜서로 일하게 되면서 다양한 방송국과 공식 행사 현장에서 역량을 펼치고 그에 상응하는 경제적 보상을 받는 분들도 많지는 않지만 존재합니다.

KBS 출신 조우종 선배님과 2 MC로 외부 행사를 진행한 적이 있습니다. 예능 행사라 자유롭게 대화를 나누는 형식이었는데요. 제가 "KBS가 최종 면접에서 저를 두 번이나 떨어뜨려서 전 아직도 화나 있어요."하고 농담을 했더니, 선배님께서 "여러분, 저는 카니발 타고 이 친구는 벤츠 탑니다."라면서 관객들에게 웃음을 주시더군요. 물론 희화화된 부분이 있지만, 사실과 크게 다르지도 않습니다.

둘째, 지상파 이외의 방송국에서 프리랜서나 1-2년 계약직으로 일하게 되면, 원치 않아도 여러 방송국에서 일하는 경험을 하게 됩니다. 고용 보장이 되지 않으니 당연한 일이죠. 이 과정에서 엄청난 진행 능력 향상을 경험하게 됩니다.

제가 KBS에서 섭외를 받아 '국제뉴스 전문 아나운서'로서 외신을 분석할 때, 담당 PD님이 저에게 이런 메시지를 보내주신 적이 있어요. "방송 천재 세정 아나운서님, 이른 새벽마다 의미 있는 국제뉴스를 선별해 오시던 모습 잊지 못할 겁니다." 당연히 저는 천재가 아닙니다. 부족한 점도 많죠. 하지만 다양한 케이블TV에서 일하며, 탄탄한 실력을 쌓아온 것은 사실입니다. 만약, 한 방송국에서만 일했다면, 이만큼 많은 진행 경험을 하지도 못했을 것이고, 냉정하게 저의 실력을 바라볼 기회도 없었을 겁니다.

셋째, 프리랜서 신분으로 케이블TV에서 일할 경우, 자신만의 전문성을 키우기가 상대적으로 수월해집니다. 물론 방송국으로부터 섭외를 받는 입장이 되어야 가능한 얘기이긴 합니다만, 일을 '골라서' 할 수 있기 때문이죠. 다양한 경제 채널에서 15년 이상 부동산 프로그램을 진행한 선배 아나운서가 있습니다. 그녀는 대한민국에서 가장 오래 부동산 프로그램을 진행했고, 그만

큰 부동산 분야만큼은 그 누구도 따라올 수 없을 정도의 전문성을 지녔습니다. 그래서 40대 중반의 나이에도 지상파 이외의 방송 시장에서 경력 공백 없이 활발하게 활동하고 있습니다.

제가 '국제뉴스 외길'을 걸어온 이유도 바로 이것입니다. 저는 국내 뉴스와 경제 프로그램 진행을 하면서도, 국제뉴스 분석을 쉬지 않고 해왔습니다. 국제뉴스 관련 방송은 많지 않기도 하지만 제가 제일 오래, 다양한 채널에서 방송을 했고, 덕분에 국내에서는 유일하게 '국제뉴스 전문 아나운서'라는 타이틀로 불리고 있습니다.

지상파 공채 시험 최종 면접에서 4번이나 떨어져, 패배의식이 가득한 채로 케이블TV에서 일하기 시작했던 25살의 저를 돌아보면, 상상할 수 없었던 결과입니다. 제가 아나운서 지망생, 그리고 경력이 많지 않은 아나운서 후배들에게 대한민국 방송계의 냉정한 현실과 그 안에서도 찾을 수 있는 희망에 대해 자세히 얘기하려는 이유도 이것입니다. 막막해 보여도 길은 있고, 꾸준히 전진하면 분명히 결과는 나옵니다.

Q 아나운서가 갖춰야 할 조건이 있다면?

A 외적인 조건과 내적인 조건으로 구분해서 자세히 설명

해 보겠습니다.

첫 번째, 방송국의 공개채용이나 프로그램 캐스팅을 통해 시험에 합격해서 '아나운서'라는 직함을 받아야 합니다. 최근 10년 사이에는 방송에 비정기적으로 출연했거나 공식 행사 MC로 일해본 경험이 있는 분들이 아나운서라고 스스로를 정의하는 경우가 꽤 있는데, 극단적으로 표현하면 이는 사기 행위입니다. 직함은 스스로 주는 게 아니라 사회로부터 주어지는 것이죠. 정당한 과정을 거치고 방송국에 채용되어 직함을 받고, 경제 활동을 해야 아나운서라고 말할 수 있습니다.

두 번째, 제대로 된 발성으로 바른 우리말을 사용해 진행할 수 있어야 합니다. 아나운서는 대중 앞에서 '말'을 하는 직업입니다. 시청자분들이 오랜 시간 들어도 편한 중저음으로 발화할 줄 알아야 합니다. 발성을 제대로 하는 게 매우 중요합니다. 그래서 아나운서 지망생들이 몇 개월에서 몇 년이 걸리더라도 발성 연습을 하는 것이고, 아나운서 채용 시험의 1차 관문이 카메라 테스트인 것이죠.

마지막으로 외모도 빼놓을 수 없습니다. 예쁘고 잘생긴 외모가 필요한 건 아니지만, TV에 출연하는 직업이기 때문에 깔끔하고 단정한 외모를 갖춰야 합니다. 특히, '신뢰를 주는' 모습을 갖추는 것이 중요합니다. 아나운서는 방송인이자 언론인이니까요.

이번에는 내적인 조건을 살펴봅시다. 첫 번째, 앞서 언급한 것처럼 아나운서는 '국민의 국어 교사'입니다. 그만큼 우리말 실력이 탄탄해야겠죠. 우리말이 생각보다 참 어렵습니다. 독자분들도 공감하실 거예요. 한국에서 태어나 한국어 원어민인데도 헷갈리는 부분도 많고, 실수할 때도 참 많으시죠? 그래서 아나운서의 역할이 중요한 겁니다.

시청자들은 TV에서 아나운서가 하는 말을 듣고 자연스럽게 '저 사람이 하는 말은 표준어'라고 인식합니다. 그만큼 아나운서가 지녀야 할 책임감과 사명감이 큰 것이죠. 제가 아나운서 지망생들에게 국어 공부를 반드시 제대로 하라고 잔소리를 하는 이유도 바로 이 부분 때문입니다.

두 번째, 아나운서는 뉴스를 전하는 일을 주로 하기 때문에, 시사에 밝아야 합니다. 물론 아나운서는 기자가 취재한 내용을 정리해 전하는 역할을 하니까 하나의 사안에 대해 깊이 알기는 어려울 수도 있지만, 사안의 배경과 현재, 전망에 대해 제대로 알지 못한다면 앵커로서 역할을 제대로 해낼 수 없겠죠. 국내외 사회 갈등 요인이나 사람들이 관심 갖는 이슈, 뉴스에서 다루는 사건의 배경과 역사에 대해서도 깊이 알고 있어야 해요. 내용을 제대로 알고 전하는 것과 주어진 원고를 읽는 것은 전혀 다른 결과를 가져옵니다. 아나운서 시험에 복잡한 필기시험과 즉흥 스피치, 토론이 포함된 까닭도 바로 이것이겠죠. 아나운서라는 직함을 얻기까지 넘어야 할 관문이 높고 많은 것도요. 단순히 좋은 목소리로 또박또박 말한다고 아나운서로서의 전문성을 지녔다고 하기 힘든 겁니다.

세 번째, 아나운서는 잘 들을 줄 알아야 합니다. 프로그램의 주인공이 아닌 주인으로서, 주인공인 초대 손님의 이야기에 귀를 기울이고 그들의 메시지를 정리하고, 시청자와 초대 손님 사이를 이어주는 다리 역할을 해야 하니까요. 아나운서는 보통 '말을 능숙하게 잘하는 달변가'라고 생각하시겠지만, 그 전에 '상대방의 이야기를 잘 듣는 경청의 달인'이어야 합니다.

여기까지 읽으신 독자분들은 너무 교과서 같은 말만 한다고 느끼실 수도 있을 것 같아요. 물론 제가 너무 '맞는 소리'만 하고 있다는 걸 부정하지 않겠습니다. 하지만, 20년 가까이 아나운서로 경제 활동을 해온 사람으로서 자신 있게 말씀드릴 수 있는 사실은 이 상투적인 얘기가 곧 매우 현실적인 얘기라는 겁니다. 아나운서는 기본이 탄탄하지 않으면 결코 꾸준히 유지할 수 없는 직업이거든요.

마지막 조건으로는 '적당한 끼'와 '적당한 깡'을 강조하고 싶어요. 수많은 대중 앞에서 떨지 않고 프로그램을 이끌어갈 만한 적당한 끼가 필요하고, 생방송에서 실수를 하더라도 조금은 뻔뻔하게 넘어갈 줄 아는, 실수를 과감하게 인정하고 잘못된 내용을 수정할 줄 아는 적당한 깡이 필요한 직업이니까요.

저 자신을 냉정하게 평가해보면, 깡은 세고 끼는 부족합니다. 물론 저는 사람들을 웃기는 것에 은근히 자부심을 갖고 있기도 하고, 에너지가 밝은 편이긴 한데요. 소위 말하는 '텐션이 너무 높은' 사람들을 만나면 부담을 느끼거든요. 티가 많이 나진 않지만, 낯을 가리기도 하고요.

아나운서 공채 3-4차 면접 때 장기자랑을 해야 하는 경우가 있었는데, 춤이나 개그를 준비해 온 지원자들을 보고 끼가 대단하다는 생각을 했었어요. 저는 '약간은 부족한 끼'를 갖고 있기 때문에, 보통 조용한 성대모사나 영어 뉴스를 장기자랑으로 준비하곤 했습니다.

반면 깡은 무척 세다고 생각합니다. 대중 앞에 서는 것에 대한 부담을 느낀 적이 거의 없고, 연습 때보다 무대 위에 섰을 때 더 좋은 결과를 내왔거든요. 또한, 대부분의 아나운서들이 생방송에서 실수를 하면 그때부터, 속된 말로 '말리기' 시작하는데, 저는 오히려 실수 이후에 더 잘하게 되더라고요. 틀려서 긴장하기보다는 실수를 잊게 만들 수 있다는 확신이 드는 경우가 많아요.

제가 국제회의 영어 진행을 할 때, 주최 측으로부터 특별히 자주 듣는 피드백이 "내용을 깊이 알고 능숙하게 애드리브를 한다."인데요. 깡이 세서, 과감하게 연사의 발언에 대한 멘트를 하기도 하고, 위기 상황이 생겼을 때 능숙하게 해결할 수 있는 것 같습니다. 이 위기를 내가 해결할 수 있다는 자신감이 바탕에 깔려있을 때 실제로 멘트가 잘 나오거든요. 물론, 과할 정도로 준비를 해가서 그렇기도 하지만, 기본적으로 깡이 세서 가능한 일이 아닐까 싶습니다.

A 정규직은 아침 9시부터 저녁 6시까지 근무하는 게 기본인데, 맡은 방송 프로그램의 편성 시간대에 따라 달라질 수 있습니다. 만약, 아침 생방송을 진행한다면 새벽에 출근해서 낮에 퇴근하고, 저녁 방송을 맡으면 오후에 출근해서 밤에 퇴근하게 되죠.

계약직이나 프리랜서 신분으로 일하는 경우에는 방송 시간에 맞춰서 출근과 퇴근을 합니다. 예를 들어 제가 한국경제TV에서 저녁 7시 생방송 데일리 프로그램 앵커로 일했을 때, 저는 오후 4시 30분까지 방송국에 갔어요. 가자마자 1시간 정도 PD님과 작가님, 출연자분들과 회의를 한후, 5시 30분부터 30분 정도 분장을 받았습니다. 이후 생방송에 들어가기 전까지 방송 준비를 했죠. 7시부터 8시까지 방송을 한 후, 30분이나 1시간 정도 그날 방송에 대한 피드백을 주고받은 다음, 9시 전에 퇴근했습니다.

SBS CNBC(현 SBS biz)에서 아침 6시 생방송 데일리 프로그램 진행을 할 땐, 새벽 3시까지 방송국에 가서 보도국 회의를 했습니다. 30분 정도 회의한 후 3시 30분부터 5시까지 외신 분석과 원고 작성을 하고, 분장을 받은 후 방송 준비를 하다가 생방송에 들어갔습니다. 이땐 8시 방송을 끝낸

후 바로 퇴근했어요.

케이블TV에서 프리랜서로 일할 땐 이렇게 맡은 방송만 끝내면 퇴근하기 때문에, 다른 방송국의 프로그램을 진행하거나 공식 행사 MC로 일할 수 있는 물리적 시간이 보장됩니다. 제가 한국경제TV에서 데일리 방송을 할 땐, 한 공기업 방송국에서 주 2회 위클리 뉴스를 진행했고요. SBS CNBC에서 데일리 방송을 할 땐, 스포티비(SPOTV)에서 영어 뉴스를 진행하고, 대학원도 다녔습니다. 물론 매우 힘든 일정이었지만, 이렇게 다양한 곳에서 섭외를 받았다는 사실에 감사하며 열심히 일했습니다.

당시 데일리 생방송과 위클리 녹화 방송, 대학원 공부, 공식 행사 진행까지 무리해서 하다가 급성 인후염을 앓기도 했는데, 그 이후로 제 몸 상태를 고려해서 적당히 일정을 조정해 일하고 있습니다. 경력이 쌓이면서 섭외 연락이 많이 오다 보니, 섭외가 들어왔을 때, 거절하는 경우가 점점 많이 생겨서 죄송할 때가 많습니다. 하지만 저를 섭외해 주시는 분들에 대한 감사함은 변함없이 느끼고 있답니다. (책을 통해 다시 한번 말씀드릴게요. 믿고 일을 맡겨 주시는 모든 분, 진심으로 고맙습니다.)

Q 아나운서에게 요구되는 직업윤리는?

Ⓐ 저는 세 가지를 강조하고 싶습니다. 첫째, "늦더라도 정확하게" : 전하는 내용에 대해 확실한 팩트 체크를 해야 합니다. CNN이 추구하는 뉴스가 "가장 빠른 뉴스가 아니라 가장 정확한 뉴스"라는 내용을 책에서 본 적이 있는데요. 앵커의 역할을 하는 아나운서가 반드시 지켜야 하는 직업윤리라 생각합니다. 아나운서는 기자들이 취재한 내용을 받아서 정리해 전하니까, 팩트 체크는 직접 뉴스를 취재하는 기자가 해야 하지 않느냐고 의문을 제기하실 수 있을 것 같아요. 물론 기자가 사실 유무를 확실히 점검해서 앵커에게 기사를 넘겨줘야죠. 하지만 '최종 전달자'는 아나운서입니다. 시청자와 직접 소통하는 마지막 통로인 만큼 책임감을 지녀야 하는 겁니다.

2014년 4월 16일, 세월호 침몰 사고가 일어났을 때, 이 내용을 가장 빠르게 보도한 채널에서는, 배가 침몰했지만 다행히 탑승객 전원이 살아있다는 소식을 전했습니다. 이어 많은 방송국에서도 같은 내용을 보도했습니다. 하지만 이 뉴스는 사실과 달랐죠. 당시, 방송국에 잘못 전달된 내용을 바탕으로 기자가 기사를 작성했고 아나운서도 그 기사 내용을 그대로 전했던 겁니다. 당시 관련 뉴스를 최초로 보도했던 앵커가 죄책감에 눈물을 흘리며 인터뷰했던 장면이 아직도 생생하게 기억납니다. 물론 아나운서의 전적인 잘못이라 할 순 없습니다. 하지만 뉴스를 생산하고 전하는 기자, 아나운서, PD를 포함한 모든 스태프가 반드시 함께 책임감과 사명감을 갖고 점검해야 하는 부분입니다.

두 번째, "You shouldn't try to be a star, but instead, you should have the ownership." (아나운서는 방송의 주인공이 아닙니다. 대신 '주인 의식'을 가져야 합니다.): 지난해 겨울, 옆집 언니의 사촌 동생들이 저를 보자마자 외친 말이 있습니다.

"우와! 연예인이다!"

저는 바로, 아나운서는 연예인이 아니라고 바로잡았어요. 시청자분들은 아나운서들이 예쁘게 꾸미고 TV에 나오니까 TV 스타로 생각해주실 때가 많습니다. 물론, 관심 가져주시고 좋게 봐주시니 감사하죠. 하지만 아나운서는 출연하는 프로그램을 진행하는 사람이지 프로그램의 주인공이 아닙니다.

예를 들면, 아나운서는 인터뷰 프로그램에서 자신의 이야기를 하는 입장이 아니라 상대방에게 질문을 던지고 그 사람의 이야기를 듣는 입장이고, 뉴스에서는 소식을 전하고 정리하는 입장이지 뉴스의 주인공이 되는 건 아닙니다.

시사 교양, 예능 프로그램에서도 아나운서는 초대 손님의 이야기를 듣고 프로그램 전체를 총괄합니다. 전하는 정보와 모시는 초대 손님을 담는 그릇의 역할을 해야 하는 것이죠. 물론 최대한 깔끔하게 정리된 최상의 모습으로 시청자를 만나야 하는 것도 맞고, 시청자에게 호감으로 다가가 사랑을 받는 것은 정말 행복한 일입니다. 하지만, 내가 주인공이라는 생각은 버려야 주인 의식을 가질 수 있습니다.

작가가 써준 대본에 문제가 있어도, 최종 전달자인 아나운서가 수정하지 못했다면 그건 아나운서의 잘못입니다. 기자가 취재한 기사에 사실과 다른 부분이 있어도 아나운서가 제대로 점검하지 못했다면 아나운서도 같이 책임져야 합니다. 프로그램의 PD가 실수해서 초대 손님을 불쾌하게 만들거나 프로그램의 흐름이 잘못된 방향으로 흘러갔을지라도, 최종 전달자인 아나운서에게도 분명히 책임이 있습니다. 아나운서는 진행자, 최종 전달자로서 주인 의식, 즉 책임감을 지녀야 하는 것이죠.

세 번째, Journalistic integrity (언론인으로서의 진실성)이라고 말하고 싶습니다. 신문 기자이자 칼럼니스트였던 저희 아버지가 추천해주신 책에 이런 내용이 담겨 있었어요.

"기차의 앞칸엔 공직자들이, 뒤에는 국민이 타고 있다. 언론은 그 밖에서 기차가 철도를 벗어나진 않는지, 공직자들이 운전대를 바른 방향으로 움직이는지, 사고의 가능성은 없는지, 승객들은 안전한지 관찰한다. 문제가 있으면 세상에 알리고(의제 설정 기능), 운전석에 문제가 있으면 비판하되, 절대로 운전대를 직접 잡아선 안 된다."

언론이 권력을 남용해선 안 된다는 것이죠. 뉴스의 최종 전달자인 앵커의 역할을 하는 아나운서는 균형 잡힌 시각으로 뉴스를 전해야 합니다. 특히 사회적 갈등을 일으킬만한 이슈를 전할 때, 어느 한쪽의 편을 들어 시청자를 선동하는 일은 절대 해선 안 된다고 생각해요.

그렇다고 AI처럼 감정을 절대 드러내선 안 된다는 말도, 의견을 절대 내세워선 안 된다는 말도 아닙니다. 앵커로서 전하는 이슈에 대해 비판할 수 있고, 씁쓸해하거나 안타까워할 수 있습니다. 사안을 정리하면서 의문을 제기할 수도 있고, 필요하다면 시청자를 대신해 분노를 표출할 수도 있다고 봅니다. 단, 어느 한쪽의 편을 드는 게 아니라 양측의 입장을 균형 있게 전해야 하고, 시청자들이 고민해볼 기회를 제공해야 하는 것입니다.

물론 세계적으로 진보적 개념을 대변하는 언론사와 보수적 개념을 대변하는 언론사가 있습니다. 미국을 예로 들면, CNN과 MSNBC가 대표적인 진보 언론사이고, Fox news가 보수 언론사죠. 보통 CNN과 MSNBC는 복지 정책, 성 소수자 이슈와 같은 문제들을 주로 다루고, Fox news는 총기 소유, 낙태권 이슈에 대한 문제를 많이 다룹니다. 물론 선거를 앞두고 민주당과 공화당을 더 비판하거나 지지하는 내용을 각각 자주 보도하기도 하고, 개표 방송에서 앵커들이 이래도 되나 싶을 정도로 어느 한쪽을 응원하는 모습을 보이기도 합니다. 제가 언급한 journalistic integrity와 정면으로 충돌하는 상황이죠. 하지만 미국 사회에서 앵커들의 이 모습에 시청자들이 선동되는가에 대해서는 냉정하게 생각해 볼 필요가 있습니다. 우리 사회와는 언론과 시청자의 관계가 분명히 다른 게 사실이니까요.

언론이 지닌 권력을 악용해서 '내가 원하는 방향으로' 시청자가 생각하게 만드는 앵커는 언론인으로서의 진실성과 사명감을 잃은, 한마디로 가짜 언론인이라고 생각합니다. 대한민국의 신문사와 방송국, 언론인들이 스스로 검열해야 하는 부분입니다. 아나운서가 반드시 지켜야 할 직업윤리 중 하나이기도 하고요.

Q 아나운서는 자신의 정치적 신념을 가질 수 없나요?

A 인간 '박세정'은 정치적 신념을 마음껏 가질 수 있습니다. 하지만, '박세정 아나운서'는 개인적인 신념을 갖더라도 대중 앞에서 표현하는 건 지양해야 한다고 생각합니다. 언론은 제3의 권력이라고 하죠. 시청자들은 기본적으로, TV 뉴스에서 아나운서가 하는 말이 거짓말이라고 생각하지 않습니다. 특별히 오보가 입증되지 않는 이상, 대부분 믿죠. 평소에 독자분들도 "이거 뉴스에 나왔으니까 진짜야." 하시잖아요. 언론인은 그만큼 책임감을 느껴야 하는 겁니다.

특히 대한민국 사회는 필요 이상으로, 다양한 이슈를 좌우로 나누는 성향이 있죠. 저는 개인적으로 정치인들이 표를 얻기 위해 국민을 이용한다고 생각하고 있지만, 시작이 어땠든 우리 사회가 정치적 신념으로 분열돼 있다는 현실은 부정하기 힘듭니다.

정치적인 신념과 전혀 상관없는 이슈들이 좌우로 나뉘는 것도 비합리적인데, 이 흐름을 조장하는 게 언론인 경우가 많으니 더 말이 안 되는 상황이죠. 중요한 사회 이슈에 대해 한쪽 편을 들면서 시청자를 선동하는 것은 언론이 권력을 악용하는 비윤리적인 행위라 생각합니다. 언론인이 지녀야 할 직업윤리와 정면충돌하는 부분이죠.

제가 국제뉴스를 전할 때 반드시 신경 쓰는 부분이기도 합니다. 기본적으로 하나의 이슈에 대해 다양한 언론사들의 기사를 소개합니다. 진보 성향과 보수 성향 언론사들의 기조를 비교 분석하고, 시청자분들이 어떻게 생각하는지 의견을 묻습니다. 특히, 정치 성향과 상관없이 사회의 구성원으로서 같이 고민하고 해결해야 하는 주제에 대해 문제를 제기하려고 매우 노력합니다.

예를 들어, 지난 1월 25일, UN Women에서 아프가니스탄 여성에 대한 기사를 게재했습니다. 탈레반 정권이 재집권한 이후, 아프가니스탄 여성들은 남성의 허락 없이는 병원에 못 가고, 아파도 약을 처방받을 수 없다는 내용을 보도했죠. 인간의 기본권이 침해받고 있는 상황을 짚은 겁니다.

지난 2020년 7월 20일, BBC에서는 이런 내용의 기사를 실은 적이 있습니다. 아프가니스탄 여성들이 자신들의 이름을 찾기 위해 움직이고 있다고요. 당시 그녀들은 'Where is my name?' 운동을 펼치고 있었습니다. 여성의 이름이 공식적으로 인정받을 수 없고, 남성인 가족 구성원의 이름 옆에 그 관계를 적어서 여성의 정체성을 확인하는 아프가니스탄 정부 체계에 반기를 든 것이죠. 만약 제가 아프가니스탄에서 태어났다면, 박세정이 아니라, 최요셉의 아내, 박건영의 딸로 살아야 하는 겁니다. 당시 BBC에서는 코로나 19에 감염된 한 여성이 의사에게 자신의 이름을 공개했다는 이유로 남편에게 폭행을 당한 사례를 소개했고, 그 사건 이후 아프간 여성들이 자신의 이름을 찾는 운동을 펼쳐서 공식 문서에서는 이름을 쓸 수 있게 체계가 바뀌었다는 후속 보도까지 했습니다.

그런데 3년이 흐른 지금까지도 같은 이슈가 외신의 헤드라인을 장식하고 있는 겁니다. 이것이야말로 정치적인 신념과 전혀 관련이 없는 '인권'에 대한 이슈죠. 저는 시청자들에게 이 뉴스를 전하고, 2020년 기사를 찾아 사건의 배경을 설명했습니다. 우리가 결코 모르는 척해선 안 되는 문제임을 강조하고, 함께 해결 방법을 고민해보자고 제안했습니다. 국제 사회가 제대로 역할을 하고 있는지 의문이 든다는 의견을 덧붙이기도 했습니다.

앵커가 할 수 있는 비평은 여기까지입니다. 그 이상으로 개인의 의견을 펼쳐 시청자를 선동하는 것은 언론인으로서의 권력 남용인 것이죠. 만약 제가 이 뉴스를 전하면서, 대한민국의 어느 정당 대표가 여성 인권을 무시하는 발언을 했다는 문장을 슬쩍 끼워 넣었다면 어땠을까요? 정치적 신념과 관계없는 여성 인권 향상의 중요성을 강조하는 척하면서, 개인의 정치적 신념을 은근히 드러내도 괜찮을까요? 이런 건 앵커의 자리에 앉으면 생각보다 쉽게 할 수 있는 일입니다. 하지만, 결코 해선 안 되는 행동이죠.

한 선배 아나운서께서 공채 면접 때, 자신의 성격에 대해 '물과 같은 사람'이라고 묘사했다는 이야기를 들은 적이 있습니다. "특별한 맛과 색깔이 없지만, 다양한 음식과 잘 어울리는 물과 같은 사람"이라는 뜻이었다고 해요. 저는 선배님의 현명한 답변에 감탄했습니다. 아나운서는 특별한 색을 드러냈을 때 그 파급력이 엄청나다는 것을 인지해야 합니다. 자신이 '정의'라 생각하는 것이 누군가에겐 그렇지 않은 것이라면, 자신이 믿고 있는 '정의의 개념'에 대해 적어도 의문은 품어볼 필요가 있다고 봅니다. 또한, 그 무엇보다 자신이 불특정 다수에게 영향을 끼치는 위치에 있을 땐, 그 권력을 결코 악용해선 안 될 것입니다.

Q 아나운서도 전문 분야가 있는지?

A 냉정하게 말하면, 지금까지는 특별히 없는 게 사실입니다. 하지만 전문성을 지녀야 지속가능성을 보장할 수 있다고 생각합니다. 현재 대한민국 방송계의 현실을 봤을 때 아나운서들이 어느 한 분야에서 전문성을 지니는 게 쉽지는 않습니다. 보통 PD에게 섭외를 받아서 일하게 되기 때문에, 원하지 않는 프로그램을 진행할 수도 있고 잘 모르는 분야의 진행을 맡게 될 수도 있으니까요.

한국에서 아나운서로서 일하다 보면 다양한 분야에 대해 알 수 있어서 좋지만, 한 분야에 대해 깊이 알기는 어려운 단점이 있기도 합니다. 하지만, 변화하는 방송계의 흐름을 마주하며 이 직업을 갖고 오래 일하기 위해서는 자신만의 전문성을 지녀야 한다고 생각합니다.

그 분야는 경제, 국제, 법, 사회 이슈, 문화 등 여러 가지가 될 수 있습니다. 저는 국제 분야의 전문성을 키우고 있고, 그 덕에 전문가로서도 방송 진행을 하고 있습니다. 제가 저만의 전문성을 키우지 않고 아나운서로서의 실력과 경력만 쌓았다면, 마흔 살이 넘어 이렇게 다양한 방송국에서 섭외를 받을 수 없었을 것이라 생각합니다. 저는 온 국민이 아는 유명한 아나운서도 아니고, 아나운서 출신 연예인도 아니니까요. 업계에서 선배 PD나 작가님들이 저에 대해 이렇게 말씀해 주십니다. '거친 방송 바닥에서 살아남은 고수'라고요. 이렇게 평가받을 수 있다는 게 감사하면서도, 앞으로도 더 치열하게 노력해야겠다는 다짐을 하게 됩니다.

Q 아나운서와 연예인의 차이점은?

A 아나운서는 연예인이 아닙니다. 언론인이자 전문 방송인이죠. 아나운서의 주 업무는 뉴스를 통해 정보를 전달

하고 방송 프로그램을 진행하는 것이고 연예인의 주 업무는 시청자에게 즐거움을 주는 것입니다. 그래서 '엔터테이너'라고 부르는 것이고요. 아나운서 출신 연예인분들이 꽤 계시지만, 그들은 '전 아나운서'이지 지금은 아나운서라 할 수 없습니다.

'아나운서가 연예인이 아니라면 유명인인가?'라는 질문을 하실 수도 있을 거예요. 이 부분은 사람에 따라 다를 수 있는데요. 제 개인적인 의견을 말씀드리면, 저는 '유명한데 유명하지 않은 아나운서'이고 싶습니다. 무슨 말인가 싶으시죠? 자세히 설명해 볼게요.

얼마 전, 자주 가는 한 백화점 지하에서 주걱을 사고 있었습니다. 그런데 판매자께서 고개를 갸웃거리며 혼잣말로 "맞는데……." 하시더니, "KBS에서 월드 뉴스 전해주는 아나운서 맞죠?" 하셨어요. 제가 웃으며 그렇다고 대답하니, 매우 밝은 표정으로 "아침마다 잘 보고 있어요. 설명을 자세하게 잘해주셔서 너무 좋아요." 하시는 겁니다.

저는 그날 정말 행복했습니다. 제가 꿈꿔오던 위치에 서기 시작했다는 생각이 들었거든요. 저는 시청자분들이 제 이름을 모르셔도 좋고, 제 사생활에는 관심이 없으셨으면 합니다. 하지만, 제 얼굴을 보면 국제뉴스를 떠올리시길, '저 사람이 전해주는 얘기는 믿음이 가.'라고 생각하시길 소망합니다. 말 그대로, '유명한데 유명하지 않은 아나운서'가 되고 싶은 겁니다.

물론 제가 케이블TV 출신 프리랜서 아나운서로는 거의 최초로 대형 소속사와 계약하게 되어, 앞으로는 좀 더 다양한 방송에서 시청자분들을 만나 뵙게 될 것이고, 제가 원하던 것보다는 조금 더 유명해질 수도 있을 거라는 생각이 듭니다.

하지만, 어떤 자리에 서더라도, 시청자분들이 박세정이라는 인물 자체보다는 제가 전하는 내용에 관심을 기울이실 수 있게, 최선을 다할 생각입니다. (자신도 있고요.)

Q 내성적인 성격을 가진 사람도 아나운서가 될 수 있을까?

A 물론 될 수 있습니다. 저는 오히려 약간은 내향적인 사람이 아나운서 일을 더 잘할 수 있다고 생각해요. 아나운서는 많은 사람 앞에서 무대 위에 서야 하고, 카메라 앞에서 떨지 않고 정보를 전달해야 하죠. 상황에 맞게 애드리브도 할 줄 알아야 하고요. 그렇다 보니, 외향적인 성격을 지녀야만 아나운서가 될 수 있다는 오해가 생긴 것 같아요. 하지만 저는 오히려 반대일 수 있다고 봅니다.

앞서, '아나운서가 갖춰야 할 조건'으로 언급했던 것처럼 아나운서에겐 '넘치지 않을 정도의 적당한 끼'가 필요한데, 그 적당함을 지키려면 바깥으로 발산되는 에너지를 안으로 가져올 줄도 알아야 하거든요. 아나운서에겐 생방송 중에 실수했을 때 차분하게 흐름을 되찾고, 감정을 드러내지 않아야 할 때 누를 줄 아는 힘이 필요합니다. 끼가 있어야 하긴 하지만 넘치지는 않아야 하는 것이죠.

무대 위에서 긴장하지 않으려면 어떻게 해야 할까요? 여기서 필요한 게 '적당한 깡'인데, 이건 꾸준한 연습으로 얻어낼 수 있습니다. 연습으로 긴장을 덜 하게 된다는 게 가능한가 의문이 생기시죠? 물론 내향적인 사람이 갑자기 무대 체질로 변할 수는 없어요. 하지만 내가 진행하는 프로그램이나 행사에 대해 깊게 연구하고, 지나치다 싶을 정도로 연습하면 나도 모르게 긴장이 줄고 자신감이 생깁니다. '깡'이 생기는 거죠.

노력하는 사람은 즐기는 사람을 이길 수 없다는 말이 있는데, 저는 오히려 그 반대라고 생각합니다. 더 노력하는 사람은 즐기는 사람을 분명히 이길 수 있어요. 그럼, 즐기지도 못하고 힘들게 노력만 해야 하는 걸까요? 아닙니다. 자신의 한계를 넘을 만큼 노력하면, 결국엔 진짜로 즐길 수 있게 됩니다.

Q 카메라 앞에서 긴장하지 않으려면?

Ⓐ 연습이 가장 확실한 보험입니다. 물론 타고난 성격이 대범하면 긴장을 덜 하겠죠. 앞서 말씀드린 것처럼 '깡'이 있으면, 긴장하더라도 스스로 어느 정도는 조절할 수 있을 겁니다. 그런데 이 대범함과 깡은 연습에서 나옵니다.

연습을 많이 하면 할수록 입에 멘트가 익숙해지겠죠. 그리고 진행할 내용에 대해 깊이 연구했을 때 실수가 적어지는 건 어쩌면 당연한 일일 겁니다. 아주 단순하게 생각해서, 물리적인 시간과 에너지를 많이 들일수록 내 몸이 편해지는 겁니다.

연습을 많이 하면 심리적으로도 도움이 됩니다. 이미 여러 번, 지겨울 정도로 해봤기 때문에 자신감이 생기죠. 자신에 대한 의심 때문에 더 연구하고 더 연습하는 건데, 이 과정에서 신기하게도 자신에 대한 믿음이 생깁니다.

이 사실을 알기 때문에, 늘 다짐하는 게 있어요. '나에게 반하지 말자.' 사실, 방송을 10년 넘게 하면 자연스럽게 자신감이 생깁니다. 원고 없이 갑자기 생방송에 들어가도 능숙하게 진행할 수 있고, 엄청나게 준비하지 않아도 기본 이상은 결과를 낼 수 있어 지거든요.

솔직하게 말해서, 내가 진행한 방송을 보고 감탄하는 순간도 아예 없는 건 아닙니다. 하지만 스스로에게 반하는 순간, 발전은커녕 제자리에 머물지도 못하는 퇴보의 길을 가게 된다고 생각합니다.

무조건 나를 채찍질할 필요도 없지만, 나를 너무 믿으면 교만해지고 대충하게 되니, 당연히 '매우 좋은 결과'는 나오지 않겠죠. 그래서 자신에게 냉정할 줄 알아야 하고, 철저하게 준비해야 합니다. 그래야 무대 위에서, 카메라 앞에서 긴장하지 않고 제대로 진행을 해낼 수 있더라고요.

Q 애드리브 노하우는?

A 첫째, 즉흥 스피치를 잘해야 해요. 아나운서 공채 직무 능력 평가에서 즉흥 스피치 시험을 보는 이유가 바로 이것입니다. 어떤 주제를 받아도 이야기의 흐름을 기승전결로 만들 수 있어야 합니다. 그러려면 기본적으로, 아는 게 많아야겠죠. 책도 많이 읽어야 하고, 다양한 사회 현상에 대한 공부도 많이 해야 합니다. 아나운서는 한 분야를 깊게 알진 못해도 여러 분야를 얕게는 알아야 한다는 말이 있는데, 일을 해보니 참 맞는 말이라는 생각이 듭니다. 그리고 즉흥으로 자유롭게 스피치를 할 때도 비문 없이 말할 수 있으려면 연습을 많이 해야 합니다. 저는 지망생 시절에, 운전하면서 거리에 있는 간판을 주제로 즉흥 스피치 연습을 많이 했습니다. 앞차의 번호판이나 생김새, 종류를 보고 연습할 때도 많았어요. 혼자 중얼중얼 연습하는 모습을 누군가가 봤다면 참 이상하게 생각했을 것 같은데, 그때

한 연습이 지금까지도 일할 때 도움이 됩니다.

또한, 생방송 진행을 많이 해봐야 합니다. 방송을 많이 해볼수록 느는 것이 애드리브거든요. 아나운서는 On air 사인이 켜진 후 시계도 봐야 하고, 멘트를 하면서 동시에 귀에 꽂은 인이어를 통해 PD님의 디렉팅도 들어야 하고, 초대 손님 얘기도 듣고 정리하며 자연스럽게 대화를 이끌어내야 합니다.

동시에 여러 가지 일을 해야 하고, 스튜디오 안에서 벌어지고 있는 상황을 총괄하는 리더의 역할을 해야 하는 겁니다. 그래서 복잡한 작업을 해보면 해볼수록 실력은 향상합니다.

세 번째, 상대방의 얘기를 잘 들어야 합니다. 진행자로서 자연스럽게 애드리브를 하고 다음 질문으로 이어지게 하는 노하우가 무엇인지 물으면, 저는 이렇게 답해요. "잘 들으면 답이 나옵니다."

만약 원고에 질문이 10개 있다고 생각해 봅시다. 초대 손님이 대답을 했는데, 그에 대한 코멘트 없이 바로 다음 질문으로 넘어가면 흐름이 자연스럽게 이어질까요? 특별히 NG는 나지 않을지라도, 대화의 흐름은 끊길 겁니다. 그래서 대답을 잘 듣고 거기에서 힌트를 얻는 거예요. 애드리브는 무조건 창의적인 멘트가 아니라, 그 상황에 맞는 적절한 멘트를 의미합니다. 잘 듣는 만큼 좋은 애드리브가 나옵니다.

Q 생방송 도중 실수한다면?

A 만약 실수로 잘못된 정보를 전했다면, 재빠르게 실수를 인정하고 잘못된 정보를 제대로 수정해서 다시 전해야 합니다. 순간적으로 창피할 수도 있고, 방송이 끝난 후에 국장님께 불려가 혼이 날 수도 있지만, 반드시 책임지고 수정해야 합니다.

혹은 내용에는 문제가 없는데 발화(發話) 영역에서 실수한 거라면, 시청자들이 눈치채지 못하게 스르르 넘어갑시다. (시청자들이 눈치채셨을 수도 있지만, 어쨌든 자연스럽게 넘어가야 합니다.)

아나운서는 '국민의 우리말 교사'이고, 동시에 전문성을 지닌 방송 진행자입니다. 탁월한 발음과 편안한 목소리로 말할 줄 알아야 하죠. 하지만, 그럼에도 불구하고, 아나운서도 인간이기에 당연히 실수할 수 있습니다.

정보의 내용과 프로그램의 흐름에 큰 영향을 미치지 않을 만한 작은 실수를 했다면, '그럴 수도 있지.'하고 자신을 너그럽게 용서할 줄도 알아야 합니다. 약간의 뻔뻔함이 능숙한 진행을 돕고, 실수의 반복을 막아주니까요.

단, 방송이 끝난 후에는 조금은 냉정하게 실수했던 순간을 곱씹어 볼 필요가 있습니다. 자신을 향한 너그러움과 냉정함을 적절하게 활용할 때, 실수가 줄고 진행 실력이 는다고 생각해요.

Q 아나운서는 꼭 외모가 뛰어나야 하나?

A 아니면서도 맞습니다. 대한민국 방송계의 현실이죠. 아나운서가 배우나 아이돌처럼 뛰어나게 예쁘거나 잘생길 필요는 없지만, 외모가 뛰어날 때 방송 시장 진입에 유리한 건 부정할 수 없는 사실입니다. 그럼에도 불구하고, 아나운서는 단정하고 신뢰 가는 외모, 조금 더 너그럽게 얘기하면 비호감만 아니면 됩니다.

아나운서는 TV를 통해 시청자와 만나는 직업이기 때문에, 당연히 외모는 중요한 부분입니다. 깔끔한 스타일링을 해야 하고, 적당한 체격을 유지하고, 거부감이 없는 모습으로 자신을 가꿔야 해요. 글로 쓰니 매우 간단하고 쉬워 보이지만, 이걸 갖추기 위해 참 많은 노력이 필요합니다.

내 외모의 장점과 단점을 객관적으로 파악해야 하고요. 장점을 부각하고 단점을 최소화하는 스타일링을 찾아야 합니다. 나에게 가장 잘 어울리는 화장법, 머리 스타일, 옷 색깔, 옷 스타일 같은 걸 누구보다 정확하게 알아야 합니다. 아나운서 지망생들이 저에게 어떤 옷을 입어야 하냐고 물으면, 저는 이것저것 빌려서 입어보고 어떤 옷이 가장 잘 어울리는지 알게 되면, 다양하게 꼭 갖추라고 조언합니다. 이것도 프로 의식의 일부라 생각하거든요.

물론 방송국에 분장팀과 의상팀이 있고, 아나운서 의상을 유료로 대여할 수 있는 곳도 많아요. 하지만, 갑자기 생각지 못한 일정이 생길 수도 있고, 의상팀에 내 외모를 살려줄 수 없는 옷만 있을 수도 있습니다. 심지어, 자신의 얼굴을 가장 잘 살려줄 속눈썹 종류가 뭔지도 정확하게 알고 갖추고 있어야 합니다.

저는 일본에서 13년 전에 처음 구매한 속눈썹이 그 어떤 것보다 잘 어울린다는 걸 알게 됐습니다. 하지만 약 3년 후 이 속눈썹은 단종됐거든요. 그래서 일본 내에 남아있는 이 속눈썹을 최선을 다해 구해서 써왔고, 최근 이와 가장 비슷한 모양과 색깔의 속눈썹을 다른 국가에서 찾았습니다. 외모가 가장 중요한 건 절대로 아니지만, 중요하지 않은 것도 결코 아닌 것이 아나운서라는 직업입니다.

Q PD와 작가 등 다른 방송 스태프들과 협업하는 법?

A 방송은 각 분야의 전문가가 개인의 역량을 최고치로 펼쳐야 하는 일이면서도, 동시에 서로 협업해서 함께 만들

어가야 하는 일입니다. 쉽게 말하면 '힘 조절'을 잘하는 게 포인트가 아닐까 싶어요.

우선 프로그램의 총 책임자는 PD입니다. 프로그램의 큰 그림을 그려서 구성을 기획하고 총괄하는 사람이죠. 수많은 스태프를 대표하는 리더이기 때문에, PD가 방향을 제시하는 대로 아나운서와 작가, 조연출, 카메라 감독, 패널들이 따라가게 됩니다.

그렇다면 여기서 의문이 생기실 겁니다. PD가 시키는 대로 작가는 글만 쓰고, 아나운서는 진행만 하면 될까요? 아닙니다. 구성과 기획의 단계에서 PD만큼 큰 역할을 하는 사람이 작가입니다.

작가는 리더인 PD와 동등한 위치에서 협업해서 방향을 잡아 구성하고, 내용을 짜서 대본을 작성하는 역할을 하죠. PD와 작가의 역할이 어느 정도 겹쳐지는 부분이 분명히 존재하는 겁니다.

그럼 아나운서는 PD와 작가가 협업해서 만들어 준 대본을 잘 숙지해서 진행만 하면 될까요? 이것도 아닙니다. 아나운서는 '최종 전달자'로서 대본을 수정할 권리가 있고, 잘못된 내용을 전했을 때의 책임감도 동시에 지닙니다.

프로그램의 목적이 무엇이고 나아가야 할 방향이 무엇인지 제대로 알고 진행해야 하기 때문에, PD, 작가와 긴밀하게 소통해야 합니다. 뿐만 아니라, 방송 중에 패널들과 직접 소통하는 것도 아나운서죠. 물론 섭외 과정부터 방송

직전까지 작가들이 패널들과 소통하며 '방송에 적합한 상태'로 만들어주지만, 결국 결과를 이끌어 내는 것은 아나운서의 몫입니다. 따라서, 다양한 방법으로 방송 콘텐츠와 초대 손님을 다루는 것도 아나운서가 해야 할 일입니다.

정리하면, PD와 작가, 아나운서의 역할이 수학적으로 명확하게 나뉘어있는 게 아니라 어느 정도는 겹치는 부분이 있는 겁니다. 그래서 각각의 전문성을 발휘하면서도 적절한 힘 조절을 통해 선을 지키는 것이 매우 중요합니다.

제가 진행했던 생방송 경제 프로그램을 예로 들어보겠습니다. 보험 전문가들을 패널로 초대해서 1시간 동안 잘못 알려진 보험 상식을 바로잡고, 시청자들의 피해 사례를 직접 듣고 해결하는 프로그램이었는데요. 월요일부터 금요일까지 매일 생방송으로 진행되고, 출연자는 앵커인 저와 3명의 보험 전문가들이었습니다.

PD님과 작가님, 저는 주 1회 기획 회의를 해서 5회의 주제를 정하고 내용을 구성했습니다. 이후 작가님으로부터 가대본을 전달받으면, 저는 공부하면서 수정도 요청하고 아이디어도 냈습니다.

PD님과 작가님, 제가 서로 의견을 내면서 조율한 후에 구체적인 내용을 정리한 다음, 매일 생방송 3시간 전, 패널들과 조연출까지 모여 전체 회의를 했습니다. 물론 대본에 구성과 주요 내용이 정리돼있긴 하지만, 토씨 하나까지 쓰인 형태는 아니었습니다. 생방송이고 전문가들이 답변하는 내용에 따라 앵커의 멘트도 달라져야 하니까요.

프롬프터도 없습니다. 1시간 동안 애드리브로 진행한다고 해도 과언이 아닌 상황이었죠. 프로그램 전반에 대해 깊이 이해하고, 내용을 제대로 알고 있어야 했습니다. 이 과정에서 전문가만큼 경제 상식을 지닌 PD님, 작가님의 도움을 많이 받았고, 결국 저도 전문가들과 토론이 가능할 정도로 발전하게 됐습니다.

생방송을 진행할 땐 부조에서 PD님이 사인을 주면 그에 맞춰 제가 멘트를 합니다. PD가 리더이자 총책임자이기 때문에 아나운서는 PD의 디렉팅을 받고 진행을 해야 합니다. 인이어를 착용하고 있어서 부조의 상황을 다 들을 수 있는데, 그 상황을 읽으면서 진행을 해야지 독단적으로 방송을 이끌어가선 안 되는 겁니다. 하지만, 동시에 PD는 아나운서에게 스튜디오 내의 상황을 이끌어 갈 기회를 줘야 합니다. 최종 전달자이자 전문 진행자로서의 역량을 믿고, 맡길 수 있어야 하는 겁니다. 이때 부조에서 상황을 보고 있는 작가는 중간중간 문제가 생길 때 빠르게 대처하고, PD가 미처 해결하지 못하는 문제를 직접 해결할 수도 있습니다.

서로를 믿고 전문성을 존중하며 각자의 역할을 제대로 해낼 때, 비로소 좋은 방송이 만들어지는 겁니다. 한국경제TV에서 생방송 보험 프로그램을 진행하면서 저는 협업의 가치를 경험했습니다. 당시 국장님이 '이 PD, 남 작가, 박 아나의 드림팀'이라고 인정해주실 정도였죠. 생방송 중에 부조에서 문제가 생겼을 땐, 제가 알아서 스튜디오의 상황을 정리했고, 스튜디오 내에서 문제가 생겼을 땐 PD님과 작가님이 알아서 해결해주셨습니다. 이렇게 각각의 전문성을 최대한 발휘하며 적절하게 힘 조절을 하는 게 협업의 포인트라고 할 수 있겠습니다.

Q 섭외를 잘 받는 비결은?

A 실력, 홍보, 관계, 태도. 이 네 가지 키워드로 비결을 정리할 수 있을 것 같아요.

저는 공채에 합격한 25살 때부터 6년 동안 다양한 방송국에서 아나운서로 채용돼 정규직, 혹은 계약직으로 일하다, 7년 차부터 프리랜서로 일을 하기 시작했습니다. 프리랜서 아나운서로 활동한 지 올해로 12년째가 됩니다.

초반에는 제가 방송국에 찾아가 프로그램 진행자 오디션을 봤고, 2년 정도 후부터는 방송국으로부터 섭외를 받기 시작했습니다. 아나운서 후배들이 가장 궁금해할 부분이 섭외가 아닐까 싶어요. 어떻게 해야 끊임없이 섭외를 받을 수 있는지. 어떻게 하면 소위 말하는 '잘 나가는 프리랜서 아나운서'가 될 수 있는지. 냉정하게 들릴지 모르겠습니다. 하지만, 매우 현실적인 얘기를 해보겠습니다.

첫째, 실력을 갖추는 것이 가장 중요한 비결입니다. 상투적인 얘기처럼 들리시죠? 그런데 이 상투적인 얘기가 매우 현실적인 얘기라는 걸 강조하고 싶습니다. 실력이 좋은 아나운서들은 꽤 많습니다. 여기서 차별점이 필요하겠죠. 저는 '이견 없는 실력'을 갖추자고 말하고 싶습니다.

물론 아무리 실력이 좋은 아나운서라 해도 모든 영역을 다 잘해낼 순 없습니다. 쉽게 예를 들어 얘기해보면, 토크쇼나 인터뷰에 강한 아나운서도 있고, 시사 프로그램 진행에 특화된 아나운서도 있죠. 무게감이 있는 공식 행사 진행을 잘하는 아나운서도 있고, 상대적으로 가벼우면서 자연스러운 기업체 행사 진행을 잘하는 아나운서도 있어요. 프로그램이나 행사의 성격이 모두 다르기 때문에, 한 명이 모든 영역을 다 최고로 잘할 수는 없는 겁니다.

하지만, 그럼에도 불구하고, 대부분의 광고주와 주최 측으로부터 이견 없이 '잘한다.'라는 피드백을 받을 수는 있습니다. '기본'에 충실하다면요. 앞서 언급한 것처럼, 제대로 된 발성과 발음으로 비문 없이 발화할 수 있고, 방송이나 행사의 내용을 깊이 있게 파악한 상황에서, 상황 전체를 이끌며 능숙하게 진행할 수 있는 게 아나운서로서의 기본이겠죠. 이 기본을 탄탄하게 갖췄을 때, 어디서든 통하는, 즉 섭외를 많이 받는 아나운서가 될 수 있습니다.

나만의 킬링 포인트를 하나 추가한다면 '일이 없으면 어떡하나.' 하는 고민에서 어느 정도는 벗어날 수 있다고 보는데요. 저는 방송이나 행사에서 다루는 주제에 대해 깊게 알고, 그 배경 지식을 바탕으로 상황에 맞는 애드리브를 잘할 수 있다는 게 킬링 포인트입니다.

일을 맡으면 지나치다 싶을 정도로 열심히 준비해서이기도 하고, 평소에 시사 이슈를 포함한 다양한 주제에 대해 많이 공부하기 때문이기도 합니다. 진행자가 패널이나 연사만큼 전문성을 지녔을 때, 방송이나 행사의 질이 높아진다고 믿거든요. 연차가 어느 정도 쌓인 상황에서는 준비 없이 진행해도 80점 정도는 할 수 있습니다. 하지만 공부하고 준비하면 할수록 더 좋은 결과물을 낼 수 있죠. 높은 기준을 갖고, 겸손한 마음으로 전력을 다할 때 이견 없는 실력을 인정받을 수 있다고 생각합니다.

두 번째, '적당하게' 홍보를 잘해야 합니다. 뭐든 적당하게 하는 게 가장 어려운 건데, 이게 포인트입니다. 구체적인 방법을 얘기해볼게요. 소셜 미디어를 잘 활용해야 하는데, 인스타그램, 네이버 블로그, 유튜브를 포함한 다양한 플랫폼을 통해 대중과 업계에 자신을 알리는 겁니다.

자신을 잘 포장하는 것도 실력이죠. 얼마나 열심히 일하고 있는지, 얼마나 다양한 곳에서 섭외를 받고 있는지를 알리고, 자신의 강점이 드러나게 포스팅을 올릴 필요가 있습니다.

하지만, 포장을 넘어 지나치게 과장하거나 거짓된 내용을 포함해 홍보하는 것은 오히려 독이 됩니다. 특히, 영어 MC 분야에 이런 경우가 많은데요. 자신이 진행하지 않은 행사 사진을 올리며 진행했다고 거짓말하는 경우, 동시통역 부스에서 통역을 했는데 MC로 일했다고 올리는 경우, 올림픽 같은 큰 국제 행사

기간에 단발성 진행을 한 건데 공식 MC인 척하는 경우 등 상상 이상의 거짓 포스팅이 난무하는 것이 현재 대한민국 방송업계의 현실입니다. 공채 준비조차 해보지 않은 사람들이 행사 MC로 일하며 아나운서라 사칭하는 경우까지 있을 정도니까요.

거짓 홍보가 어느 정도까진 통할 수도 있습니다. 실제로 거짓 홍보로 시작해 MC로 활동하게 된 사람도 있어요. 하지만 진실은 언젠가 드러나기 마련입니다.

인터넷상에서는 엄청난 실력과 경력을 갖춘 것처럼 보이는데, 실제 진행을 맡겼을 때 실체가 드러나면 오히려 자신의 커리어에 악영향을 끼칠 수 있습니다. 생각보다 그 속도가 느리긴 하지만, 소문은 퍼지고 진실은 드러나게 됩니다. 그러니 자신을 잘 포장하되, '진짜 알맹이'를 가지고 적당하게 포장해야 합니다.

소셜 미디어에 나만의 콘텐츠를 포스팅하는 것도 방법입니다. 하나의 주제를 정해, 정기적으로 올리는 것이죠. 저는 2017년부터 1년 이상 '박 아나의 우리말 샤랄라'라는 콘텐츠를 130건 정도 포스팅했는데요. 사람들이 평소에 자주 실수하는 맞춤법이나 외래어 표기법, 발음 규칙 같은 것들을 정리해서 올렸습니다. 이 콘텐츠 덕분에 제 블로그는 파워 등급이 되었고, 포털 사이트 첫 페이지에 여러 번 소개되기도 했습니다. 저를 대중에게 알리는 좋은 방법이 되었던 거죠.

다음 프로젝트는 저의 전문성을 살린 '국제뉴스 분석'이었는데요. 2018년부터 현재까지 중요한 국제 이슈가 있을 때마다 외신을 분석해 올리고 있고, 이 콘텐츠가 바탕이 되어 여러 가지일을 할 수 있었습니다. KBS에서 섭외를 받은 것도 이 콘텐츠

덕이었고, 제 첫 단독 저서인 〈뉴욕타임스 읽어주는 여자〉도 이 콘텐츠가 발전된 거라고 볼 수 있습니다. 업계에 제 전문성을 홍보할 수 있는 좋은 계기가 되었죠.

세 번째 키워드는 '관계'입니다. 방송이나 행사는 여러 전문 직군의 사람들과 협업을 통해 함께 만드는 결과물입니다. 따라서, 사람들과 잘 지내야 합니다.

아나운서의 인성은 분장실에서 드러난다는 얘기가 있어요. 진행자인 아나운서가 화면에 최상의 모습으로 나올 수 있도록 머리끝부터 발끝까지 책임져주시는 분들이 헤어, 메이크업, 코디 팀입니다. 좋은 방송을 만들기 위해 협업하는 과정이죠.

결코 내가 잘나서, 그들이 내 밑에 있어서 나를 꾸며주는 것이 아닙니다. 앉지도 못하고 서서 뜨거운 드라이기 바람을 참아가며, 피부 상태가 안 좋아도 맨손으로 내 얼굴을 만져주고, 옷핀에 손이 찔려도 내 몸에 맞게 옷을 줄여주는 그분들이 계시기 때문에 시청자들에게 예쁘다는 소리를 듣는다는 걸 잊지 말아야 합니다.

나를 섭외해 준 PD, 작가, 대행사 분들, 그리고 함께 방송이나 행사를 만들어간 스태프분들과도 좋은 관계를 유지해야 합니다. 종종 저에게 '사회생활의 달인'이라고 얘기해주시는 분들이 계신데요. 그 기술은 진심에서 나온다고 생각합니다.

진심으로 감사해서 생일을 챙기는 거고, 진심으로 좋아서 여름엔 옥수수, 가을엔 군밤을 같이 나눠 먹는 것이니까요. 누구에게 어떻게 잘해야 하나, 얼마짜리 선물을 언제 해야 하나를 고민하기보다는 누구에게 고마운가, 내 진심을 어떻게 표현하면 상대가 행복할까를 고민해보는 게 좋은 관계를 유지하는 가장 쉬운 방법인 것 같아요. 너무 교과서적인 얘기라고 생각하실 수도 있지만, 적어도 제가 지금까지 해온 경험을 곱씹어보면 이게 맞는 것 같더라고요.

마지막 키워드는 '태도'입니다. 일을 대하는 태도는 시간관념으로 드러나는 경우가 많죠. 지각을 안 하는 것만으로도 같이 일하는 스태프들에게 좋은 인상을 심어줄 수 있습니다. 저는 심각한 길치인 데다, 화장실도 자주 가거든요. 그래서 리허설 시간보다 보통 1시간 전에 도착하려고 노력합니다. 만약 행사가 10시에 시작하고 리허설이 8시라면, 7시에 주차장에 도착하는 거죠. 차 안에서 대본 내용을 점검하기도 하고, 멘트도 정리하면서 여유 있는 나만의 시간을 보내면 행사의 완성도가 확실히 높아집니다. 생방송을 진행할 때도 마찬가지입니다.

KBS '해 볼만한 아침'에서 국제뉴스를 전할 때, 팀장님은 저에게 '여의도의 칸트'라는 별명을 붙여주셨습니다. 매주 화요일과 목요일 새벽, 직접 아이템을 선정하고 여러 외신을 비교·분석해서 원고를 작성하고, 자막까지 뽑은 다음, 외신 헤드라인 화면을 캡처해 FD에게 전달하는 것까지가 방송 전 제 역할이었습니다.

7시에 생방송이 시작되고, 6시 20분이 원고 마감 시간이었죠. 저는 전날 저녁에 어느 정도의 개요를 짜놓고, 당일 새벽 3시 30분부터 1시간 정도 집에서 원고를 작성했습니다. 방송국에 도착한 5시 30분부터는 그사이 새로운 뉴스가 나왔나 점검해서 원고를 수정하고, 헤드라인을 편집하고 자막을 뽑았죠. 8분의 국제뉴스 코너를 위해 총 세 차례, 3시간 이상을 쏟은 겁니다. 이 과정이 있었기에 6시 20분이라는 마감 시간을 지킬 수 있었습니다.

혹시 모르니 6시 10분 안에 자막과 원고를 올리자는 게 저만의 규칙이었어요. 그 덕에 '여의도의 칸트'라는 신선한 별명을 얻었습니다. 제작사 메인 작가님께서 방송이 끝날 때마다 제 두 손을 잡고 "고마워요."하고 말씀하셨던 것도 시간을 잘 지킨 덕분이었습니다. 지각하지 않고 마감 시간을 잘 지키는 것만으로도 재섭외의 가능성은 커집니다. 같이 일하는 동료의 불안감을 해소해 주는 것도 프로의 몫이니까요.

내가 주인공이라 착각하지 않는 것도 매우 중요합니다. 예쁘게 차려입고 TV에 나온다고 들뜨는 순간 잘못된 방향으로 가게 될 가능성이 생기는 것 같아요. 아나운서는 카메라 앞에 서야 하는 직업이기 때문에, 스태프들이 좋은 방송을 만들기 위해 챙겨 주는 것일 뿐 주인공이라서 그러는 게 아니거든요. 같이 일하는 동료들에게 겸손하고 친절한 태도로 대해야 하는 건 어찌 보면 당연한 일인데, 생각보다 이 당연한 부분을 잊는 아나운서들이 꽤 많습니다.

업계에서 안 좋은 소문이 퍼지는 일도 많은데, 방송국이나 행사 대행사들은 섭외 후보자들의 평판을 조사하기도 한답니다. 실력이 뛰어나면 안 좋은 평판도 이길 수 있지 않냐고 의문을 제기하실 수도 있을 거예요. 하지만, 인성과 실력을 다 갖춘 아나운서들이 많은데 굳이 태도가 좋지 않은 아나운서를 섭외할 이유는 없겠죠?

그 외에도 외모를 잘 가꾸고, 필요 이상으로 살이 찌지 않게 주의하고, 상황에 맞는 옷을 고급스럽게 입는 것도 섭외와 연결되는 부분입니다.

Q 여러 방송국에서 동시에 일할 때 주의점은?

A 상도덕을 지켜야 한다고 말하고 싶어요. 첫째, 먼저 약속한 일을 우선으로 하는 게 기본 원칙입니다. 프리랜서 아나운서로 일하다 보면, 나중에 들어온 일이 돈을 더 많이 주는 경우도 생길 수 있고, 그 일이 내 커리어에 더 도움이 될 수도 있어요. 하지만, 아무리 아쉬워도 깔끔하게 포기하고, 먼저 하기로 약속한 일을 해야 합니다.

두 번째는 경쟁 채널에서 일하지 않는 것입니다. 예를 들어볼게요. 제가 SBS CNBC에서 국제뉴스 앵커로 일할 때 다른 경제 채널에서 섭외가 들어왔어요. 비슷한 종류의 업무였고 근무 조건은 훨씬 좋았습니다. 제가 당시 CNBC에서 방송하고 있는 모습을 보고 섭외를 하신 것이니, 어쩌면 당연한 부분이었죠.

저는 고민도 하지 않고 거절했습니다. 물론 저는 프리랜서이기 때문에 시간만 겹치지 않는다면 다양한 방송국에서 일할 수 있습니다. 하지만, 당시의 제안은 경제 방송국인 데다가 외신을 다룬다는 점에서 역할도 비슷했기 때문에 해서는 안 되는 일이었죠. 나를 섭외해 준 방송국에 대한 최소한의 예의이고, 내가 하고 있는 일에 대한 성의라고 생각했습니다.

세 번째는 행사보다 방송이 먼저라는 것입니다. 방송은 1회성보다는 정규 편성이 대부분이죠. 행사는 거의 단발성이고요. 월요일부터 금요일까지 데일리 방송을 진행하는 앵커가 행사 진행을 하기 위해 방송에 빠지는 경우를 상상해 봅시다.

아나운서 입장에서 생각해 보면, 어차피 매일 하는 방송인데 하루만 대타를 쓰고 특별한 행사를 하는 게 낫다고 볼 수 있을 겁니다. 하지만, 함께 방송을 만드는 동료들과 시청자들을 생각해 보면 다른 결론이 나옵니다. 정규로 맡은 일을 우선순위에 둬야하는 것이죠. 물론 방송을 빠지고 행사에 가려는 아나운서들이 많습니다. 방송 진행을 하고 받는 돈의 10배 정도를 행사에서 받을 수 있으니 어찌 보면 당연한 현상이겠죠. 하지만 당장의 이익을 추구하다 후회하는 어리석은 선택을 하지 말아야 합니다.

대부분 방송국에서는 외부 행사 겸직을 허락하지 않습니다. 그래서 거짓말을 할 수밖에 없어지죠. 하지만 안타깝게도 세상에 비밀은 없습니다. 실제로, 아리랑TV에서 한 프로그램의 MC를 하던 프리랜서 진행자가 방송국에 거짓말을 하고 행사 진행을 하러 갔다가 들켜서 하차한 경우가 있었습니다.

저는 공식 행사와 국제회의를 매우 많이 진행하고 있지만, 방송국에 거짓말을 한 적은 한 번도 없었습니다. 대통령께서 저를 지목하셔서 솔직하게 말씀드리고 생방송에 빠진 적은 있었으나, 어쩔 수 없었던 그때도 스태프들에게 매우 미안했던 기억이 있습니다.

단, 제가 KBS에서 일할 땐 예외였는데요. 섭외가 왔을 때 이미 제 평소 일정에 대해 말씀드리고 근무 조건을 조정했기 때문입니다. 제가 1년에 약 150건의 공식 행사를 진행하고 있고, 해외 출장도 잦다는 사실을 말씀드렸고, KBS 본사 측으로부터 남자 후배와 요일을 바꾸거나 대타를 써도 된다는 허가를 받았습니다. 이렇게 섭외를 받을 때부터 합의되지 않은 이상, 맡은 방송에 빠지고 행사를 진행하러 가서는 안 됩니다.

제가 언급한 세 가지의 상도덕에 대해 '당연한 거 아냐?'라고 생각하실 수도 있겠습니다. 하지만, 아무리 머리로는 이해하고 있어도 업무 현장에서 중심을 잡고 이를 지키는 일이 쉽지는 않습니다. 옳지 않다는 걸 알면서도 주변에서 유혹이 들어오기도 하고, 당장 경제적인 압박을 느끼고 있다면 자신을 위로하며 합리화하게 될 수도 있으니까요. 경쟁이 극심한 이 업계에 몸을 담고 일하다 보면 상상도 못하는 힘든 상황을 맞이할 수도 있지만, 그래도 원칙을 지키고 바른 방향으로 갈 때 비로소 내가 원하던 미래와 가까워지는 것은 확실합니다.

A 2018년 6월 12일, 아나운서라서 행복하다는 생각을 했어요. 그날은 역사상 최초로 북미정상회담이 이뤄진 날인데요. 김정은 북한 국무위원장과 도널드 트럼프 당시 미국 대통령이 싱가포르에서 만나 악수를 하던 그 장면은 대한민국 국민으로서 절대 잊을 수 없는 장면입니다. 그런데 심지어 그 뉴스를 제 입을 통해, 제가 직접 쓴 기사를 가지고 전했으니 엄청난 희열을 느꼈죠. '아나운서가 되길 잘했다.'하고 느낀 순간이었어요.

2001년 9월 11일, CNN 뉴스를 보면서 앵커가 되겠다는 다짐을 했던 날, 저는 '온 국민이 힘든 일이 있을 때 믿고 의지할 수 있는 대상, 온 국민이 집중하고 있는 중요한 소식을 전해주는 믿음직한 앵커'가 되겠다는 목표를 정했는데, 그 첫 목표는 달성했다는 생각이 들었기 때문입니다.

2019년 2월, 베트남에서 2차 북미정상회담이 개최됐을 땐 제 전문성을 살려 외신들의 기사를 비교하고, 미국의 역대 대통령들과 북한 지도자들의 관계를 분석해 전했는데요. 실시간으로 올라오는 시청자분들의 긍정적인 반응을 보며, 아나운서 박세정으로서의 온전한 행복을 느꼈습니다. 2023년 'UN의 날'의 의미에 대해 전했을 때도 뿌듯함을 느껐습니다. UN 헌장의 내용을 짚으며, 그 의미를 되새기는 시간을 가졌는데요. 많은 시청자분들이 "덕분에 UN의 역할에 대해, 인권의 의미에 대해 생각해 볼 수 있었다."라는 피드백을 주셨거든요. 사회의 공기를 맑게 만들기 위해 긍정적인 영향을 끼치고 싶어서 이 직업을 택했는데, 제 꿈과 점점 가까워지고 있다고 생각했습니다.

Q 도중에 포기하고 싶었을 때는 없었는지?

A 25살 겨울, 형부와 커피를 마시며 언니를 기다리고 있었어요. 그때 저는 자격지심과 패배감을 한껏 느끼고 있는 아나운서이자 아나운서 지망생이었죠. 케이블TV 채널에서 아나운서로 일하고 있었지만, 제 상황에 만족하지 못했거든요. 그래서 누군가 제게 "무슨 일 하세요?"하고 물으면, "지상파 방송국 아나운서 공채 준비하고 있어요."라고 대답했습니다.

지금 생각하면 왜 그랬을까 싶은데, 당시에는 규모가 작은 케이블TV에서 일하고 있다는 사실에 자존심이 상했던 것 같아요. 그날도 같은 고민을 하고 있던 저는 저보다 열 살 많은 형부에게 이런 질문을 했습니다.

"형부, 아카데미에서는 저보고 제일 잘한다는데, 왜 제 친구들은 저보다 훨씬 좋은 방송국에서 일하고, 저는 이런 데서 일할까요?"

교만과 자격지심이 동시에 담긴, 참 어리석은 질문이었죠. 이때 형부가 저에게 이런 얘기를 했어요.

"쎄, 네가 마흔 살이 됐을 때 그때 뭘 하고 있나 봐. 지금은 아직 그런 생각 안 해도 돼."

순간 갑자기 신이 났어요. 나에게 아직 15년이나 남아있다니, 조마조마할 필요가 없겠다는 생각이 들었거든요. 6개월 안에 원하는 결과를 못 내면 포기한다고 마음먹고 있었는데, 30배인 15년이 저에게 생긴 겁니다.

참 신기하게도, 그때부터 저는 자신감이 생겼고 동시에 겸손해졌습니다. 내가 마흔 살이 됐을 때 무얼 하고 있나가 중요한 거니까, 다른 누구보다 잘 나가고 못 나가고를 생각하지 않게 됐거든요.

15년이 흐른 2023년, 마흔 살의 저는 제가 하고 싶은 일을 마음껏 하면서, 감사하게도 업계에서 인정받는 일꾼이 되어있었습니다. 물론 지금도 힘들다는 생각이 들 때도 있고, 교만과 자신감의 사이에서 겨우 선을 안 넘는 저 자신을 보면서 짜증이 날 때도 있어요. 아직 갈 길이 멀다는 생각도 하고 있고요.

하지만, 포기하고 싶었을 때 저를 힘내게 했던 형부의 그 한마디가 여전히 저를 돕고 있습니다. 이제는 흰 머리와 주름이 늘어 있는 형부에게, 만날 때마다 50살이라고 놀리는 막내 처제가 형부 덕분에 마음의 여유를 갖게 됐다는 걸, 이 책을 통해 꼭 말해주고 싶네요.

Q 방송계는 더럽다던데?

A 어느 정도 그렇기도 하고, 생각보다 그렇지 않기도 합니다. 아나운서가 되기 전에는 이런 얘기를 많이 들었어요. "방송계는 뒷배경이 없으면 진입할 수 없대. 아나운서로 잘 나가려면 PD와 자야 한대." 제가 이 업계에 들어와서 20년 가까이 경험을 해보니, 이 말이 완전히 틀린 얘기는 아닙니다. 아주 드물지만, 분명히 있기도 하니까요. 하지만, 일부일 뿐 일반적인 얘기는 아니었습니다.

공채 시험을 볼 때, 특별한 배경이 있어서 실력이 부족해도 합격하는 지원자들이 있긴 했어요. 하지만, 실력이 뛰어나서 정당한 절차를 거쳐 합격하는 지원자들이 더 많았습니다. 대한민국 사회의 현실을 냉정하게 바라봤을 때, 어떤 분야에서든 이처럼 부당한 경우가 없다고 볼 순 없습니다. 하지만, 그들의 리그가 따로 있을 뿐, 모두에게 적용되는 건 아닙니다. 좌절하고 포기할 필요는 없는 것이죠.

이번에는 권력에 의한 성범죄에 대해 얘기해 보겠습니다. 안타깝게도 여전히 그런 일들이 도처에서 일어나고 있습니다. 예를 들어, 제 동료 중에서도 녹음실에서 PD에게 강제 키스를 당하거나, 회식 자리에서 방송국 임원에게 성추행을 당한 경우, 방송 기회를 주겠다는 명목으로 만남을 강요하거나, 방송이 끝난 후 집에 데려다주겠다고 한 다음 일부러 다른 길로 돌아가며 은밀한 관계를 요구하는 경우까지 다양한 성범죄의 대상이 된 친구들이 있습니다.

이러한 일이 방송계에서만 일어나는 특별한 일이라고 보긴 어려운 게 현실이죠. 어느 분야에든 선을 넘는 범죄자들은 존재하기 마련입니다. 이러한 사람들이 범죄를 저지르고도 그에 상응하는 대가를 치르지 않고 사회에서 당당하게 활동하는 경우가 많은데, 이는 국가 차원에서 반드시 해결해야 하는 문제입니다. 그렇다면, 개인의 차원에서는 어떻게 대응해야 할까요?

저는 "차라리 소외되는 게 낫다."라고 말하고 싶습니다. 많은 아나운서 후배들이, 이러한 위험에서 자신을 보호하는 방법이 무엇인지 묻습니다. 저는 "사회성이 없다고, 혹은 속된 말로 싸가지가 없다고 비난받아도 좋으니 명확하게 거절하라."라고 대답합니다.

저의 경우를 예로 들어보면, 저는 입사 후 5년이 될 때까지 회식 자리에 가지 않았습니다. 6년 차부터 어쩌다 참석했을 땐, 1시간 이내에 집에 갔고, 술을 단 한 잔도 마시지 않았습니다.

저는 워낙 간이 커서(?) 주량이 센 편입니다. 지금까지 술에 취해 실수하거나 몸이 아팠던 적도 없습니다. 그런데도, 일로 만난 사람들과는 술을 아예 마시지 않았습니다. 회식에 빠지거나 일찍 집에 가면, 술자리에서만 할 수 있는 깊은 얘기를 못 하죠. 회식 다음 날, 소외되는 기분을 느끼기도 합니다.

반면, 사적인 만남을 통해 PD, 작가들과 친해진 동료나 후배 아나운서들이 저보다 더 빨리 방송 기회를 잡기도 했습니다. 하지만 확실한 건, 일을 잘하면 반드시 언젠가 기회는 온다는 것입니다. 그러니 차라리 소외당하세요.

위험한 상황으로부터 자신을 보호하는 것이 동료나 선배들과 친분을 쌓는 것보다 우선입니다. 방송국에서 필요로 하는 실력 있는 아나운서가 되면, 분명히 기회를 얻을 수 있고, 소외당할 일이 없습니다. 일터에서는 일을 잘해야 좋은 사람이라는 얘기가 있죠? 방송국에서는 이 말이 가장 잘 통한다는 사실을 말해주고 싶습니다.

또한, 방송 기회를 조건으로 걸고 성범죄를 시도하는 사람들이 있다면, 과감하게 거절하십시오. 그런 사람은 실제로 여러분에게 기회를 줄 능력도 없고, 설령 기회를 준다 해도 그 기회는 지속가능성이 없습니다.

그 제안을 거절했을 때, 방송 인생이 끝날지도 모른다는 두려움을 느낄 수도 있을 텐데요. 걱정하지 마세요. 거절한다고 해서 여러분의 방송 인생이 절대로 끝나지 않습니다. 오히려 거절을 못 해서 성범죄의 대상이 되었다면, 그 이후에 방송 생활을 해나가기가 쉽지 않을 겁니다.

부당한 제안으로부터 자신을 보호하기 위한 가장 현명한 방법은 '거절'입니다. 또한, 업무 이외의 자리에서 쌓은 친분으로 생긴 기회는 실력이 없이는 유지될 수 없습니다. 실력이 있으면 친분은 자동으로 생깁니다. 시청자와 방송국으로부터 실력을 인정받으면, 결코 업무 현장에서 소외당하지 않으니까요. 이 부분에 대해서는 18년의 제 방송 인생을 걸고, 당딩하게 말씀드리겠습니다.

Q 아나운서끼리는 경쟁이 심하다?

A 물론 사람에 따라 다르긴 하지만, 이 업계가 경쟁이 심하고 서로를 견제하는 사례도 많은 건 사실입니다. 저는 10년 차가 되기 전까진 선배들에게 들은 얘기들이 너무 무서워서, 일부러 아나운서 동료들과 거리를 두기도 했어요. 그런데 어느 정도 연차가 쌓이고 나니까, 그런 불편한 감정들로부터 멀어질 수 있더라고요.

저는 운이 좋게도, 경제방송 앵커라는 분야도 같고 연차도 같은 아나운서 중에 더할 나위 없이 친한 친구가 있습니다. 서로 실력을 인정하니까 친해진 것도 있고, 경쟁은커녕 상대가 잘 되길 진심으로 바라는 사이입니다.

동료이면서 친구인 덕분에 참 든든합니다. 서로 일도 소개해 주고, 좋은 기회가 왔을 때 할 수 없는 상황이면 서로를 적극적으로 추천하죠. 지금은 그 친구가 육아에 매진하느라 방송 활동을 평소보다 덜 하고 있는데, 적극적으로 일을 늘리면 얼마나 활발하게 역량을 발휘할지 벌써 기대가 되고, 제가 다 설렙니다.

업계에서 조금씩 인정받기 시작하면서 같이 잘돼야 행복하다는 진리를 점점 깨닫고 있어요. 저 혼자 잘 벌고 동료들이 굶으면 아무 의미가 없더라고요. 그래서 저는 최근 6-7년 사이에 특히, '같이 잘 되기 위해 내가 할 수 있는 일은 무엇인가?'에 집중하고 있습니다.

정당한 자격과 이견 없는 실력을 지녔는데 기회를 얻지 못하는 후배들을 끌어주기 위해 노력하고 있고, 자격이 없는데 업계에 진입해 업계 전체의 수준을 낮추는 사람들에 대한 냉정한 판단을 업계 종사자들에게 제안하고 있어요.

아나운서라는 직업을 갖게 되기까지 지원자들은 엄청난 경쟁을 합니다. 방송국에 입사해 일을 시작한 후에는 상황이 나아질 것 같지만 오히려 경쟁은 더 치열해지죠. 냉정한 무한 경쟁의 무대에서, 타인과 나를 비교하게 되기도 하고, 누군가를 질투하게 될 수도 있습니다. 하지만, 남이 안 된다고 내가 잘 되는 건 결코 아니더라고요. 서로를 응원하며 함께 가면, 같이 잘 될 수 있습니다.

신학자 아브라함 조슈아 헤셸은 이런 말을 했습니다.

"사람은 누군가의 동료가 됨으로써 성숙해진다."

적어도 제가 지금까지 경험해온 이 업계는 그렇더라고요.

앞으로도, 이 사실을 제가 직접 입증하고 싶습니다.

Q 여성 아나운서의 수명이 짧은 이유는?

A 대한민국 사회의 분위기 때문이 아닐까 생각해봤습니다. 제가 처음에 아나운서가 되겠다는 목표를 세웠을 때부터 롤모델로 삼았던 미국의 앵커 바바라 월터스는 1961년부터 15년 이상 NBC 투데이를 진행했고, 이후 인터뷰 프로그램도 15년 넘게 진행했습니다.

현재 제가 제일 좋아하는 선배 앵커인 노라 오도넬도 1999년부터는 NBC 뉴스를, 2011년부터 현재까지는 CBS 뉴스를 진행하고 있어요. 한 번 방송국에 입사하고 앵커가 되면 보통 20년 이상 방송을 하고, 자신의 이름을 건 프로그램을 진행하는 게 선진국 언론계의 일상인가 생각하면 부럽기도 하고 슬퍼지기도 합니다.

냉정하게 말하면, 대한민국 언론계에서 여자 아나운서가 언론인으로 인정받는 경우는 매우 드물어요. 지상파 3사의 아나운서들은 고용이 보장되긴 하지만 연차가 높은 선배 아나운서들이 메인 프로그램을 진행하는 모습은 보기 힘든 게 사실이죠.

프리랜서 아나운서들은 다양한 채널에서 일할 수 있는 대신 고용이 보장되지 않기 때문에 30대 후반부터 일이 줄어드는 게 사실이고요. 그래서 저는 아나운서가 전문성을 키워서 자신만의 캐릭터를 구축하고, 그 힘으로 대한민국 언론의 생태계를 바꿔나가야 한다고 생각합니다. (현재 그 길을 조금씩 열어가고 있는 상황이고요.)

아직 전진하는 과정이기 때문에 결과가 어찌 될지는 모르겠지만, 대한민국에서도 바바라 월터스, 노라 오도넬이 나올 수 있다는 걸 제가 직접 증명하고 싶습니다. 후배들에게 길을 열어주고 싶다는, 조금은 현실적이지 않을 수도 있지만 분명히 가능성은 있는 꿈을 꾸고 있습니다.

Q 아나운서의 정년은?

A 지상파 방송국 서울 본사에는 있습니다. 특히 공영방송국인 KBS에서는 아나운서의 정년이 60세인 것으로 알려져 있습니다. 실제로 1981년에 KBS에 입사하신 유애리 선배님께서 38년의 활동을 마치고 2019년에 정년퇴직을 하셨죠.

지상파 서울 본사가 아닌 경우에는 앞서 말씀드린 것처럼 고용 안정성이 보장되지 않습니다. 그래서 정년이 존재하지 않죠. 능력에 따라 일할 수 있는 기간이 천차만별이 될수 있는 것입니다. 현재 61세이신 KBS 출신 김병찬 선배님께서는 공식 행사 MC로 활발하게 활동하십니다. 방송 프로그램도 꾸준히 진행하고 계시고요. 실력과 인성, 탄탄한 경력을 갖추면 정년이 없는 직업이 아나운서입니다.

Q 아나운서도 특정 분야의 전문가가 되어야 한다?

A 자신 있게 "네!"라고 답하고 싶습니다. 아나운서라는 직업은 한국과 일본에만 존재합니다. 다른 나라에는 앵커, 리포터, 캐스터, MC, DJ 등 다양한 영역의 전문 진행자가 엄격하게 구분돼있는데, 한국과 일본의 아나운서는 이 모든 영역을 다 어우르는 직업이죠.

다양한 분야에서 능력을 펼칠 수 있다는 장점이 있지만, 동시에 전문성을 지니기는 어렵다는 단점도 있습니다. 특히 대한민국 방송계의 특성상, 아나운서는 PD에게 섭외받아 일하는 입장이라 한 분야에 대한 전문성을 키우기가 현실적으로 어렵죠. 다양한 프로그램을 '다 잘하는' 아나운서가 되는 것도 불가능하다고 보는 것이 현실적이고요. 그래서 더욱 전문성을 지녀야 합니다.

구체적으로 얘기해 볼게요. 대한민국 방송계의 흐름은 점점 바뀌고 있습니다. 예전에는 지상파와 케이블, 종편에 출연할 수 있는 아나운서들이 채널마다 정해져 있었는데, 이제는 아닙니다. 한 분야에 탁월한 전문성을 지니면 다양한 채널에 출연할 기회가 생기죠. 저도 그랬습니다.

저는 2007년 전국 케이블TV 아나운서 공개 채용을 통해 아나운서가 되었습니다. 따라서, 15년 이상 다양한 케이블TV에서만 방송 생활을 했죠. 그런데 국제뉴스를 외신을 통해 분석할 수 있는 전문성을 키우게 되면서, 대한민국의 공영방송 KBS에서 국제뉴스 전문 아나운서로 방송을 할 수 있었습니다.

제가 KBS 아나운서 공채에 시험을 본 게 아니라, 역으로 KBS 본사에서 저에게 섭외 문의를 했고, 제가 받아들여 방송을 하게 된 겁니다. 아나운서도 한 분야의 전문가가 되면 그 능력을 살려 다양한 채널, 다양한 프로그램에서 일할 수 있고, 아나운서로서의 수명도 훨씬 더 길게 연장할 수 있다고 생각합니다.

Q 아나운서라는 직업을 사랑하는 이유는?

A 존경하는 동료 아나운서들의 생각을 들어봤습니다.

"세상과 그 세상에서 살아나가는 사람들을 더 사랑할 수 있어서, 함께 더 많이 들어주고, 웃고 울어주며, 어루만져줄 수 있어서. 그래서 이 일을 사랑합니다."

- 용경빈 아나운서 (EBS)

"아나운서는 세상에 존재하는 모든 사람, 모든 것과 소통하고 공감하며 동시에 그들을 연결해 주는 일을 합니다. 그 과정에시, 나 자신도 지성, 감성, 태도 등 여러 방면에서 많은 것들로 채워지고 배우고 성장해 감을 느끼게 되죠. 그래서 정말 감사한 직업입니다. 아나운서로 일하며 생방송이나 큰 행사를 진행할 때, 뿌듯함과 희열을 느낄 때가 대부분이었고, 초대 손님을 모셔서 토크쇼를 진행할 때는 진심으로 진행이 정말 재미있고 신이 나서 열정적으로 집중하게 됩니다. 실제로 몸살이 나서 아픈 몸으로 일하러 갔는데 방송이 끝나고 나니 몸 상태가 다 나아진 적도 있으니까요. 제 삶을 딱 둘로 나눠서 '나'와 '그 외', 이렇게 생각했을 때 양쪽 모두 긍정적인 영향을 주고받는 직업이 아나운서가 아닐까 싶습니다. 처음 방송을 시작했을 때부터 20년이 넘은 지금까지, 제가 좋아하고 사랑하는 일을 즐겁게 할 수 있어서, '나라는 존재가 최선을 다해 살고 있다는 걸 느낄 수 있어서, 아나운서로서의 모든 순간이 감사하고 행복합니다."

- 전혜원 아나운서 (한국경제TV)

"외로울 일이 없다. 늘 사람들과 함께 어울려 일하니까. 괴로울 일이 없다. 시·청취자와 이런저런 얘기 나누다 보면 나도 다 괜찮아지더라. 신나는 일이 많다. 늘 다양한 사람을 만나고 새로운 이야기를 전하니까."

- 김형기 아나운서 (MBC, YTN)

"과거에는 세상의 다양한 정보와 시청자가 나를 통해 연결된다는 것 자체에 의미가 있었다. 그런데 이젠 시간이 흘러 매체가 다양해지고, 정보가 넘쳐나고, AI가 발달되면서 아나운서의 존재 자체에 물음표를 품는 세상이 되었다. 하지만, 그 속에서 무분별하고 정제되지 않은 진행과 언어의 사용이 넘쳐나 오히려 전문성을 갖춘 아나운서의 필요성이 강조되고, 아날로그 감성이 더욱 진하게 피어나기에, 앞으로도 내 직업을 더욱 사랑하게 될 것 같다."

- 홍민희 아나운서 (한국경제TV, OBS)

"참 작은 사람인 내가 아나운서라는 직업을 통해, 보다 넓은 세상을 만날 수 있었다. 다양한 분야의 다양한 사람을 만나 새로운 정보를 접하고, 세상의 흐름을 적극적인 입장에서 보고 전하고, 때로는 배울 수 있었다. 확신하는 것은 아나운서라는 직업을 택했기에 내게 주어진 성장과 즐거움이 분명하다는 것이다."

- 이승은 아나운서 (울산 KBS)

아나운서라는 직업을 사랑하는 이유. 이 책을 쓰면서, 가장 오래 답변을 고민했던 질문입니다. 사랑에는 이유가 없다더니, 맞는 말인가 봐요. 그 이유를 명확하게 정의하기 힘들었거든요. 하지만 분명한 건, 아나운서가 되어 뉴스를 진행하는 내 모습을 상상만 해도 설레던 18년 전의 사랑도, 치열하게 자신과 싸워가며 아나운서라는 타이틀의 무게가 무서울 정도로 무겁게 여겨지던 10년 차 이전의 사랑도, 이젠 그저 숨 쉬는 것처럼 내 존재와 구분할 수 없을 정도가 되어버린 지금의 사랑도 여전히 깊고 단단하다는 것입니다.

"Every interaction matters."

변화하는 사회 속에서도 여전히 변치 않는 가치를 추구하며 시청자에게 긍정적인 영향을 미칠 수 있다는 것. 동시에, 이 사회를 구성하는 다양한 사람들로부터 끊임없이 선한 영향을 받을 수 있다는 것. 그리고 앞으로도 이 상호작용을 간절하게 소망할 거라는 것. 이게 바로, 제가 아나운서라는 직업을 사랑하는 이유입니다.

Q '국내 1호 국제뉴스 전문 아나운서'가 된 과정은?

A 고등학교 1학년 때, 담임선생님께서 교무실로 저를 부르시더니 꿈이 뭐냐고 질문하셨어요. 저는 늘 받았던 진로 질문인 줄 알고 "언론인이 되고 싶어요."라고 답했습니다. 논술대회에서 대상을 받은 직후라, 수상 내역이 입시에 도움이 되나보다 싶었거든요. 그런데, 선생님께서 "목표 말고 꿈 말이야."라고 말씀하셨어요. 그 순간, 목 뒤로 소름이 쫙 끼쳤습니다. 엄청난 깨달음을 얻은 것 같았죠. 저는 내일까지 생각해오겠다고 말씀드리고, 밤새 고민했습니다.

고민 끝에 얻은 답은 이거였습니다. '정의로운 사회를 만들기 위해 세상에 긍정적인 영향을 끼치고 싶다.' 열일곱 살의 그 여름날 이후, 저는 꿈이 뭐냐는 질문을 받으면 "사회의 공기를 맑게 하는데 힘을 보태고 싶다."라고 답합니다.

이 꿈을 품고 사회생활을 하다 보니, 구체적인 목표도 생겼어요. 바로, 국제 여성 인권 향상에 도움이 되고 싶다는 것. 언론인으로서 이 목표를 이루려면 무엇이 필요할까 고민해봤는데, 제가 하는 말에 힘이 있어야 한다는 결론이 나왔습니다.

그런데 저는 대중에게 유명한 아나운서도 아니고, 시청률이 상대적으로 낮은 케이블TV 아나운서로 일하고 있죠. 현실적으로 제가 원하는 만큼의 영향력을 지니기 어려운 상황인 겁니다. 물론 그냥 지금처럼 열심히 일해서 업계에서 인정받고, 돈도 많이 벌고, 내가 사랑하는 아나운서라는 타이틀을 유지하는 것만으로도 꽤 감사한 삶입니다. 하지만 제가 원하는 방향은 그게 아니었죠.

제가 존경하는 바바라 월터스, 아말 클루니는 어떻게 영향력을 지닐 수 있었는지 분석해봤어요. 제가 발견한 그들의 공통점은 자신만의 전문 분야가 확실히 있다는 것이었습니다.

바바라 월터스는 1961년부터 2014년까지 방송을 하면서 '인터뷰의 여왕'이라 불렸는데, 리처드 닉슨부터 버락 오바마까지 역대 미국 대통령 모두와 인터뷰를 한 것으로 유명합니다. 인터뷰하는 사람에 대해 지독할 정도로 치밀하게 조사하고, 그 배경 지식을 바탕으로 날카로운 질문을 해냈죠. 전 세계 수많은 앵커 중에서도 차별화된 역량을 지닌 '인터뷰 전문가'였던 겁니다.

아말 클루니는 레바논 출신의 국제 인권 변호사인데, 국제법 중 인권법 분야의 전문가로 알려져 있습니다. UN 위원회로도 활동하고, 미국을 포함한 다양한 국가에서 국제 인권에 대한 강연도 활발하게 하고 있는데, 특히 난민, 실종자를 포함한 약자의 권리 보호를 위한 변호 활동을 적극적으로 하고 있습니다. ISIS의 만행을 UN에서 연설한 것으로도 유명하죠. 수많은 인권 변호사 중에서도 '아르메니아 대학살', 'ISIS' 하면 그녀를 떠올리는 이유는 바로 그녀가 지닌 전문성 때문일 겁니다.

물론, 이 엄청난 분들의 업적을 보면서 '나도 이렇게 되어야지.'하고 생각하는 것 자체가 비현실적인 상상일 수도 있습니다. 현재 대한민국의 방송계를 생각하면 더 막막해지는 게 솔직한 심정이죠. 하지만, 내가 믿고 있는 가치를 꾸준히 추구하면서 확실한 전문성을 갖추면, 새로운 길을 개척할 수도 있지 않을까 하는 생각을 했습니다. 그래서 제가 가장 잘할 수 있는 분야가 뭔지 고민하다 찾아낸 게 국제뉴스였습니다.

언론인이셨던 아빠의 영향으로 중학생 때부터 신문 스크랩을 한 덕에 시사에 밝은 편이었어요. 아나운서 지망생 땐 공채의 논술 시험 주제를 예상할 정도였으니 어느 정도는 세상이 돌아가는 모양을 파악하고 있었다고 볼 수 있겠죠. 그리고 저는 영어로 자유롭게 커뮤니케이션이 가능한 덕에 국제회의를 많이 진행해왔고요. 그래서 외신을 파보자는 생각을 처음 했던 게 10년 전이었습니다. 물론 국내에 외신 전문 기자도 많고 캐스터도 많죠. 그래서 저는 영자 신문을 읽고 번역해서 보도하는 것을 넘어, 각 분야의 전문가 만큼 전문성을 지녀야겠다는 생각을 했습니다.

국제학 대학원에서 석사 학위를 취득한 이유가 그거였고요. 또한, 저만 할 수 있는 영역을 파보려고 노력했는데, 그게 바로 헤드라인에 쓰인 어휘의 뉘앙스 차이를 비교하면서 외신들의 기조를 분석하는 것이었습니다. 같은 이슈에 대해서도 언론사의 기조에 따라 헤드라인에 쓰이는 어휘가 천차만별로 달라지니까요. 다행히 이 노력을 조금씩 알아주시는 분들이 생겨서, '국내 1호 국제뉴스 전문 아나운서'라는 타이틀로 활발하게 방송 활동을 하고 있고, 공부하면 할수록 더 깊이 알고 싶다는 생각이 들어서 박사 과정을 준비하고 있습니다.

앞으로 '국내 1호 국제뉴스 전문 아나운서'로서, 또 어떤 방송국의 어떤 프로그램을 통해 시청자분들을 만나 뵐 수 있을지 기대가 됩니다. 지금껏 키워온 전문성을 더 발전시켜 더 깊이, 제대로 된 뉴스 분석을 하고 싶다는 열망도 있습니다.

과연 이 활동을 얼마나 더 오래 할 수 있을지, 스스로 개척

한 길을 통해 꿈을 이룬다는 게 가능할지 의심이 되기도 합니다. 선구자라는 평가가 감사하고 영광스럽지만, 제가 따라 할 사람이 가까이에는 없다는 얘기이기도 하니까요. 그래서 더 열심히, 꾸준히 해보려고 합니다. 10년 후에는 결국 이뤄냈다는 이야기를 책으로 쓰겠다는 목표를 가져 봅니다.

Q 기억에 남는 외신 기사가 있다면?

A 지난해 8월, 미국의 경제 매체 CNBC에 한 기사가 실렸는데, 이런 내용이 담겨 있었습니다.

> "The scorching heat hitting hundreds of millions of people across the globe is fueled by the climate emergency."

최근 몇 년 동안 방송을 통해 기후 변화 이슈를 참 많이 다뤘는데, 지난해부터 거의 매일 전 세계에서 관련 뉴스가 보도됐어요. 지난해 여름엔 폭염으로 인한 사망자가 엄청나게 늘어난 상황이었는데요. 당시 미국의 5개 카운티에서 며칠 동안 150명 가까이 사망하기도 했습니다. 유럽의 상황도 마찬가지였는데, 당시 그리스 총리가 공식적으로 "힘든 시기는 아직 끝나지 않았다. 더 극심한 위기를 맞이하게 될 것이다."라는 말까지 했죠.

CNBC는 이 원인에 대해 "세계 수억 명을 강타한 무더위는 '기후 비상사태'(Climate emergency) 때문이다."라고 분석했습니다. 보통 '기후 변화'는 Climate change라고 표현하죠. 한동안 외신에서 '기후 변화'라는 용어만 사용하다가, 상황이 심각해지면서 '기후 위기'(Climate crisis)라는 표현이 등장했는데요. 지난해 여름, 급기야 '기후 비상사태'(Climate emergency)라는 말까지 등장하게 된 것입니다.

기후 상황을 설명하는데 '비상사태'라는 표현을 쓰게 되었다는 건, 그만큼 세계 기후 변화 문제가 비상일 정도로 심각해졌다는 걸 방증하는 것이겠죠. 제가 지난 10년 동안 매일 외신 기사를 분석해온 경험을 바탕으로 봤을 때, 이 용어가 누군가의 말을 인용하는 경우가 아니라 기사에 공식적으로 등장한 건 이때가 처음이 아니었나 싶습니다.

기후 변화로 인한 고통은 전 세계 누구에게나 영향을 끼치는 보편적인 문제 (Universal issue)인 동시에, 빈민국의 여성과 어린이에게 더 심각한 악영향을 끼치는 특정한 문제 (Particular issue)이기도 합니다. 저는 이때 CNBC의 기사를 읽고, 기후 비상사태를 해결하기 위해 국제 사회와 언론이 어떤 역할을 해야 하는지에 대해 더 깊게 고민하게 되었습니다.

Q 외신 뉴스(영자 신문)를 잘 읽기 위해 영어 말고 더 필요한 것은?

A 뉴스를 선별하는 눈이 필요하다고 생각합니다. 앞서 언급했듯이, 언론사별로 추구하는 가치가 다르죠. 심지어, 검증되지 않은 가짜 뉴스를 생산하는 매체들도 꽤 많아졌습니다. 한쪽으로 치우친 기사를 읽더라도, 중심을 갖고 판단할 능력을 독자들이 지녀야 하는 것이죠.

이스라엘-하마스 전쟁 관련 뉴스가 쏟아지고 있는 요즘, 대부분의 외신은 이스라엘이 가자지구에서 벌이고 있는 강도 높은 공격에 대해 비판하고 있습니다. 표면적으로 보면, 외신들의 기조가 같다고 생각할 수 있죠. 이스라엘을 비판하고 있는 건 공통적이니까요. 하지만 깊게 들어가면, 그 차이를 확연하게 느낄 수 있습니다.

뉴욕타임스에서 1월 27일에 게재한 'Netanyahu's Cynical Political Game'이라는 기사를 볼게요. 뉴욕타임스는 가자지구가 극심하게 황폐해졌고, 그 상황이 점점 더 악화되고 있다는 사실을 짚으면서 이스라엘의 네타냐후 총리가 '이 중요한 순간을 이끌 수 있는 리더가 아닌 것은 확실하다.'라고 보도했습니다. Critical moment '매우 중요한 순간'이라는 표현을 쓰면서, 미국과 아랍 국가들이 중동 지역 전쟁으로의 확산을 막기 위해 노력하고 있지만, 네타냐후 총리가 이 길을 막고 있다고 비판했죠.

알자지라 신문은 같은 상황에 대해 어떻게 보도했을까요? 지난해 12월 2일에 게재된 'Israel deserves every bit of the global public criticism it is receiving'이라는 기사를 보겠습니다. 헤드라인에 "이스라엘은 전 세계 여론의 비판을 받아 마땅하다."라는 내용이 실린 건데요. 여기서 every bit of에 집중해 봅시다. 우리말로 번역하면 '모든 것. 전부'라는 뜻인데, 전 세계 모든 여론이 한목소리로 이스라엘을 비판하고 있다는 전제가 깔린 표현이죠. 기사를 읽어보면, 이스라엘이 가자지구에서 끔찍한 전쟁을 벌이고 있어 대중이 분노하고 있는데 (public outrage), 이 분노에 대한 책임을 져야 하는 건 이스라엘 자신뿐이라는 내용이 담겨 있습니다.

알자지라는 이스라엘에 대해 비판적인 보도를 해온 대표적인 아랍권 언론사입니다. 타임스 오브 이스라엘이나 예루살렘 포스트와는 기사의 분위기가 매우 다르죠. 이스라엘은 알자지라가 편향적 보도를 하고 있다며 불만을 토로하고 있고, 알자지라가 하마스의 도구라는 주장까지 펼치고 있습니다. 물론, 과장된 부분이 있기도 하고 어느 특정 언론사가 진실을 얘기하고 있다고 볼 순 없지만, 알자지라의 기조가 뉴욕타임스를 포함한 대부분의 외신과는 다르다는 사실을 확인할 수는 있습니다.

"Take it with a grain of salt."라는 영어 표현이 있습니다. "어떠한 정보를 무조건 100% 받아들이지 말고 어느 정도는 의심하며 걸러서 들어라." 정도로 번역할 수 있을 텐데요. 저처럼 외신을 분석해서 보도하는 게 일인 사람이야 여러 기사를 읽고 비교해볼 수 있지만, 여러분은 그럴 여유가 없으시죠. 보통, 어느 한 언론사의 기사만 읽게 되실 텐데요. 그럴 때 이 문구를 기억하셨으면 좋겠습니다.

Q 우리나라 소식이 외신에 보도되는 경우도 있나?

A 국내 뉴스가 외신에 보도될 때도 당연히 있습니다. 물론, 우리나라 소식은 상대적으로 국제 사회에서 큰 주목을 받지 않는 경우가 대부분이지만, 세계적으로 영향을 끼치는 이슈가 발생하면 외신들은 앞다투어 기사를 게재합니다. 지난해 큰 주목을 받았던 잼버리 이슈가 그 대표적인 예가 될 수 있겠죠. 또한, 이태원 참사처럼 국제 사회에 끼치는 영향은 적더라도 국내에서 큰 문제가 된 심각한 사건은 외신에 실립니다.

최근 외신에 보도된 국내 소식 중 가장 기억에 남는 기사는 웹툰 작가 주호민 씨 아들 관련 소식이었어요. 자폐 성향을 지닌 아들을 학대했다며 특수 교육 교사를 고소한 사건이었죠. 외신들은 이 사건 자체에 대한 기사를 싣기도 했지만, 한국 사회의 교권 문제를 헤드라인으로 다룬 언론사가 꽤 많았습니다.

특히, 홍콩의 매체인 사우스 차이나 모닝 포스트(South China Morning Post)에서는 이 사건과 서이초 교사의 자살 사건을 함께 예로 들면서, "Teacher rights under threat in South Korea" (한국에서 교권이 위협받고 있다.)라는 제목의 기사를 게재했는데요. '갑질'을 'gapjil'이라는 철자로, 마치 고유명사처럼 기사에 등장시키며, 한국 사회의 문제를 꼬집었던 부분이 인상적이었습니다.

사우스 차이나 모닝포스트는 이 기사를 통해, 한국의 일부 학부모들이 교사를 아동 학대 혐의로 허위 고발하는 경우가 있고, 학교가 이 상황을 알면서도 모르는 척 외면하고 있다고 비판하기도 했습니다.

이 사건과 프랑스에서 학생이 교사를 살해한 사건을 함께 보도한 언론사도 있었는데요. 그만큼 세계적으로 교권 추락 문제가 심각한 상황이라는 점에 놀랐고, 그 대표적인 예로 대한민국의 사례가 보도된다는 사실이 안타깝기도 했습니다.

Q 국제뉴스 전문 아나운서와 외신 캐스터의 차이점은?

Ⓐ 보통 경제 전문 케이블TV 채널에 외신 캐스터들이 있습니다. 주로 새벽에 뉴욕증시를 정리해서 방송하죠. 외신 캐스터는 한마디로, 경제 채널에서 뉴욕증시 상황을 전하는 역할을 하는 방송인인 겁니다. 여기에 조금 더 역할이 확대된다면, 세계 경제 뉴스를 정리해주는 정도가 될 것입니다. 외신 캐스터의 역할은 경제 뉴스 보도에 국한돼있고, 비평할 자격은 주어지지 않죠. 앞에서 설명해 드린 것처럼, 캐스터는 일방적으로 정보 전달을 하고 아나운서는 프로그램 전체를 아우르는 진행을 합니다. 이 점이 캐스터와 아나운서의 가장 큰 차이점이고요.

그럼 업계에서 왜 저를 '국제뉴스 전문 아나운서'라고 명명하는 걸까요? 저도 SBS CNBC(현 SBS biz)에서 국제뉴스를 분석할 때, 처음에는 외신캐스터 역할을 요청받았습니다. 새벽에 뉴욕증시 상황을 전하는 역할이었죠.

추가로, 저는 남자 기자와 함께 2시간짜리 아침 뉴스를 2앵커로 진행하는 조건으로 섭외를 받았습니다. 남자 앵커와 함께 뉴스 전체를 진행하되, 앞부분에 잠깐 스탠딩 존으로 가서 뉴욕증시를 전하며 앵커 겸 외신캐스터로 일하는 역할이었던 것입니다. 저는 당시 5년 동안 혼자 외신을 분석해왔고, 국제학 대학원도 다니고 있었기 때문에 국장님께 따로 찾아가서 제안했습니다. 국제 경제뿐 아니라 정치와 사회 문제를 다룰 수 있으니 기회를 달라고요. 그래서 처음으로 다양한 분야의 국제뉴스를 다루는 방송이 시작된 겁니다. 국내 경제 채널에서 최초였다고 해요.

이때 다행히 시청자분들의 반응이 좋아서, KBS에서도 섭외를 받게 된 것이고요. 물론 처음엔 프리랜서인 제가 지상파에서 방송을 하는 것에 대한 내부 반발도 있었고, 왜 비평을 하느냐, 전문가인지 캐스터인지 아나운서인지 확실히 하라는 피드백을 받기도 했습니다. 지금까지는 이런 역할을 포괄적으로 하는 직군이 없었으니 당연한 반응이었죠. 저는 그때노 이전과 마찬가지로, "저는 아나운서이지만 국제 이슈에 대해서는 전문성을 갖고 방송할 수 있으니 지켜봐 달라."라고 부탁했습니다.

조금은 고집스럽게 뉴스를 전하며 비평과 분석을 했는데, 시간이 갈수록 시청자분들이 전문성을 인정해주시더라고요. 이후 방송국에서도 '외신 전문 캐스터', '국제뉴스 전문 아나운서'라는 자막을 달아주셨습니다. 덕분에 KBS 보도국의 공식 유튜브 채널 크랩(Klab)에서 아나운서가 아닌 전문가로 섭외를 받아 프로그램을 진행하게 된 것이고요.

'국제뉴스 전문 아나운서'라는 타이틀이 아직은 저한테만 주어져서 참 외롭습니다. 하지만, 긍정적으로 해석하고 있어요. 제가 최초라 잘났다는 얘기가 아니고요. 이제 후배들이 도전할 영역이 확장될 수 있다는 의미니까요. 지금까지 영어를 자유롭게 구사할 수 있는 방송인이 일할 곳은 아리랑TV, TBS efm 정도밖에 없었습니다. 심지어 라디오를 제외한 아리랑 TV의 앵커는 교포나 원어민만 할 수 있고요. TBS efm에는 아나운서라는 직군조차 존재하지 않습니다. 영어 리포터, 또는 뉴스 리더(News reader) 정도가 있을 뿐이죠. 영어를 잘하는 한국인에게 열린 '전문 진행자'의 자리는 없는 것입니다. 영어 구사력만을 우선순위로 보는 채용 과정 때문에, 영어 채널 아나운서는 일반 채널 아나운서와 여러 가지 면에서 큰 차이를 보이기도 합니다. 그래서, 다른 방송국에서 일하기가 힘든 게 현실이고요.

게다가 아나운서와 영어 아나운서는 다른 직군이 아니고, 아니어야 하는데 쓸데없이 모호하게 구분되는 현상도 생기게 되었죠. 그런데 '국제뉴스 전문 아나운서'라는 직군이 확장되면, 영어를 잘하는 후배들에게 도전할 분야가 생기는 것입니다. 특히, 국제 사회에서 여러 가지 큰 문제들이 발생하고 있다 보니, 앞으로 더욱 기회가 많아질 것이라 생각합니다.

Q 평소에 어떻게 영어 공부를 하는지?

A 영어 실력은 계단식으로 상승한다는 말이 있습니다. 쉽게 말하면, 오늘 공부한다고 내일 당장 실력이 늘지 않는다는 것이죠. 적어도 석 달은 꾸준히 매일 공부해야 한 계단 올라갈 수 있어요. 대신 한 계단을 올라가면 쉽게 다시

내려가진 않습니다. 그래서 꾸준히 공부하는 게 중요하죠. 그럼 꾸준히만 하면 될까요? 저는 꾸준히 공부하다 어느 정도의 실력이 쌓인 상태가 가장 위험하다고 봅니다. 자신의 영어 실력에 자만하게 되기 쉽거든요. 그 순간 퇴보하게 되는 것이고요. 이 선을 잘 지키는 것이 중요합니다.

저는 제 영어 실력을 타인과 비교하지 않습니다. 대신 자기객관화를 냉정하게 하려고 노력합니다. 제가 영어에서 뛰어난 부분은 어휘의 뉘앙스를 구분하고 적재적소에 사용할 줄 안다는 거예요. 또한, 논문과 기사를 많이 읽다 보니 시사 영어에 강합니다. 그럼 약한 부분은 무엇일까요?

저는 영어권 국가에 체류한 기간이 1년 조금 넘어요. 캐나다에서 공부하고 미국에서 일했는데, 그마저 20년 전입니다. 소위 '버터'가 부족하죠. 그리고 아무리 다양한 매체를 접한다 해도 영어를 제 2언어로 사용하는 ESL(English as a Second Language) 환경이 아니라, 영어를 외국어로 사용하는 EFL (English as a Foreign Language) 환경에서 살기 때문에, 요즘 세대들이 쓰는 최신 표현을 잘 모릅니다.

MZ 세대가 쓰는 우리말 줄임말을 모르는 것과 마찬가지죠. 이렇게 냉정하게 자기객관화를 했으면, 포기할 건 포기하고, 부족한 건 발전시키고, 잘하는 건 더 강화하면 됩니다.

제가 국제회의를 영어로 진행할 때 속도나 발음은 영어권 국가에 10년 이상 체류한 사람만큼 뛰어날 수 없습니다.

하지만, 저는 국제회의의 주제에 대해 영어로 토론이 가능할 정도로 깊게 알고 있습니다. 그 장점을 활용해서 진행하죠. 이 강점은 더 강화하기 위해 평소에 더 공부하고, 부족한 부분은 보완하기 위해 꾸준히 연습합니다. 전 지금도 주 1회, 온라인으로 미국 방송국 기자와 1시간씩 대화하는 시간을 갖습니다. 토론도 하고, 일상 대화도 해요. 제가 말한 문장에서 수정할 부분이 있으면 바로 고쳐달라고 요청하고요. 언어 공부에는 끝이 없다는 말은 비극적이게도 사실이니까요.

Q 케이블TV 출신으로 KBS에서 일하게 된 원동력은?

A 알맹이와 냉정한 자기객관화, 지독함 덕분이었습니다. 먼저, 알맹이 얘기를 해볼게요. 저는 2007년부터 아나운서로 일하면서 다양한 TV 프로그램과 공식 행사를 진행해왔습니다. 특히 여러 채널에서 뉴스, 경제 프로그램, 문화 교양 프로그램, 인터뷰, 영어 뉴스, 대담까지 진행했어요.
이 와중에, 아무도 알아주지 않았지만, 저 혼자 '국제뉴스 외길'을 걸었습니다. 교양 프로를 진행하면서도 집에 와서는 혼자 외신 기사를 읽으며 국제뉴스를 분석했고, 그 내용을 기록했어요. 처음 몇 년은 혼자만의 노트에 썼고, 시간이 흐른 뒤에는 소셜 미디어에 공개했습니다.

2018년에 SBS CNBC(현 SBS biz)에서 일하게 되었을 때, 국장님께 직접 찾아가 제가 해온 작업에 대해 말씀드렸고, 방송에서 국제 정치, 사회, 경제 이슈를 분석하고 비평할 수 있으니 기회를 달라고 했어요.

처음엔 아나운서가 정보를 전달하는 것을 넘어 비평까지 한다는 점 때문에 반대하셨지만 결국 기회를 주셨고, 처음으로 국제뉴스를 깊게 분석하는 코너가 생겼습니다. 시청자분들의 인정과 사랑 덕분에 2년 동안 즐겁게 방송할 수 있었습니다.

저는 한국경제TV 앵커로 일하면서도 저 혼자 외신 분석을 이어갔습니다. 결국 KBS에서 섭외 연락을 받았고, '해 볼 만한 아침'이라는 프로그램에서 국제뉴스 분석을 할 수 있었어요. 국제뉴스에 대해서는 국내 어떤 아나운서보다 깊게 알고 있을 거라는 자신감과 외신 기사를 제대로 분석할 수 있는 전문성, 즉 저만의 '알맹이'가 있어서 가능한 일이었습니다.

이 알맹이는 냉정한 자기객관화 덕분에 키울 수 있었습니다. 저는 한국의 바바라 월터스, 노라 오도넬이 되고 싶었어요. 지금도 이 목표는 변함이 없습니다. 그런데 저는 케이블 채널에서 일하는 프리랜서 아나운서죠. 제가 아나운서로서 아무리 진행 실력을 인정받아도, 영원히 이 목표를 이룰 수 없는 게 대한민국 방송업계의 현실입니다. 저는 먼저 이 현실을 인정했습니다. 그리고 제가 시청자들에게 인지도가 없는 아나운서라는 점, 이미 상큼한 외모로 승부를 걸 수 있는 나이가 아니라는 점도 인정했습니다.

아쉬운 점을 알았으니, 이제는 제가 잘하는 게 무엇인지 파악해야죠. 저는 영어로 편하게 커뮤니케이션을 할 수 있고, 국제회의 영어 MC로 오래 일해왔기 때문에 국제 이슈에 관심이 있었어요. 게다가 언론인이셨던 돌아가신 아빠의 영향으로 10대 때부터 신문을 읽었습니다. 이 모든 걸 종합해보니 '외신'이라는 결론이 나왔죠. 이 생각을 처음 했던 게 약 10년 전, 제 방송 경력이 8년 차를 향해 갈 때였습니다.

그때 제 방송 인생은 확 바뀌었습니다! 라고 말하면 한 편의 드라마 같겠지만, 아무런 변화는 없었습니다. 제가 하는 일에 아무도 관심이 없었고, 아무리 전문성을 키워도 방송에서 활용할 기회는 전혀 없었으니까요. 하지만 저는 혼자만의 국제뉴스 외길을 계속 걸었습니다.

지독할 만큼 진득하게 그냥 했습니다. 포기할 생각조차 못하고, 저도 모르게 이 일이 제 일상이 되었을 때 기회가 왔습니다. 5년 만이었어요. 5년이면 주말을 제외하고 주5일, 기사 1개씩만 읽었다고 계산해도 260개의 기사를 읽은 겁니다. 매일 1개 이상의 기사를 읽고, 분석하고, 혼자 비평도 했으니 꽤 많은 알맹이가 이미 제 안에 있었습니다.

기회를 잡아 SBS CNBC에서 국제뉴스 분석을 시작했는데,

그 직전에 저는 국제학 대학원에 입학했습니다. 대학원에서 수많은 논문을 통해 국제 사회의 이슈들을 연구하면서 제 알맹이는 조금 더 단단해졌습니다. 이제는 조금 더 크고 단단한 알맹이를 완성하기 위해, 박사 과정을 준비하고 있고요.

세상이 저에게 아무 관심이 없어도 한 길만 파는, 꽤 많이 아는 것 같은데도 더 깊게 알기 원하는 지독함이 가끔은 저도 지겹습니다. 뛰어난 점 하나 없는 매우 평범한 사람이라 이 과정이 더 고됩니다. 그래도 이 과정 덕분에 프리랜서 아나운서가 KBS에서 섭외를 받은 기적이 일어났으니, 앞으로 '박세정의 국제 뉴스쇼'를 진행하기 위해서는 이 고된 길을 또 진득하게 가봐야겠습니다.

Q '박세정의 국제 뉴스쇼'를 더 자세히 소개하면?

A 저는 '바바라 월터스의 20/20', '노라 오도넬의 CBS evening News'처럼 '박세정의 국제 뉴스쇼'를 진행하겠다는 목표를 갖고 있습니다. 가족과 친한 친구 말고는 공개적으로 처음 얘기하는 건데요, 이제는 이렇게 선언해야 할 때가 왔다는 생각이 듭니다.

국제 사회는 유기적으로 연결돼 있습니다. 러시아가 전쟁을 일으켜서 우리나라에 에너지 문제가 생기고, 미국의 인플레이션이 심해지면서 우리 경제에 직접적인 영향을 끼칩니다. 기후 변화라는 말을 뉴스에서만 봤었는데, 이제는 우리가 일상에서 무서울 정도로 체감하고 있죠.

이제는 더 이상 방송국에서 "미국 뉴저지 주택가에 곰이 나타났대요. 영국의 한 도시에서 수백 명이 산타 복장을 하고 달리기를 한 대요."와 같은 세계의 이모저모만 전할 때가 아니라고 생각합니다. 물론 지구 반대편에서 일어나는 신기한 일을 전하고, 문화 차이를 이해하도록 돕는 교양 프로그램은 꼭 필요하죠. 하지만, 시청자들이 국제 사회에서 무슨 일이 일어나고 있는지, 그 배경과 흐름에 엄청난 관심을 갖고 있다는 사실을 직시해야 합니다. 제대로 분석한 국제뉴스를 전하고, 시청자들이 고민해볼 기회를 제공하는 것, 나아가 모두가 각자의 위치에서 할 일을 찾을 수 있게 돕는 것이 언론의 역할이라고 믿습니다.

국내 이슈를 깊게 다루는 시사 프로그램은 많습니다. KBS 추적 60분, SBS 궁금한 이야기 Y, MBC PD 수첩, TV조선 강적들, 채널A 돌직구 쇼까지, 깊이 생각해 보지 않아도 바로 떠오르는 프로그램들이 꽤 많죠. 그런데 국제 이슈를 가지고 깊이 있게 내용을 파헤치고, 외신의 기조를 비교 분석하고, 전문가 패널과 함께 토론하는 프로그램은 현재 없습니다. 저는 이러한 종류의 프로그램이 반드시 필요하다고 생각하고, 제가 가장 잘 진행할 수 있다고 믿습니다.

제 이름을 걸고, 다수의 시청자와 소통할 수 있는 방송국에서 프로그램을 진행하겠다는 목표를 갖고 있는데, 이뤄낼 수 있을까요? 독자 여러분이 고개를 끄덕이시는 장면을 상상해 봅니다.

Q 롤모델이 있다면?

A 현재 제 롤모델은 3명입니다. 아말 클루니, 바바라 월터스, 가브리엘 샤넬인데요. 단 한 명의 롤모델을 갖지 말자는 제 철학에 맞게, 이 3명으로부터 닮고 싶은 면을 각각 찾아 따라가려고 노력하고 있습니다.

먼저 아말 클루니는 레바논 출신의 국제 인권 변호사입니다. 세계적으로 엄청난 영향력을 지닌 여성이기도 하죠. 그녀가 UN 총회에서 국제 인권에 대해 연설하는 장면을 몇 번이나 돌려봤나 모릅니다. 저는 그녀를 보면서, 10년 안에 UN에서 국제 여성 인권 향상을 위한 연설을 하겠다는 목표를 설정했습니다. 그녀는 변호사로서 자신의 일을 전문적으로 하면서, 동시에 인플루언서로서 세상에 긍정적인 메시지를 전하고 있는데요. TIME (타임, 미국 시사 주간지) 선정 영향력 있는 여성 100인에 몇 년째 계속 선정되고 있기도 합니다. 저도 아말 클루니처럼, 타임 표지에 얼굴과 이름을 올리겠다는 꿈을 품고 있습니다.

두 번째 롤모델은 바바라 월터스인데요. 미국 최초의 여성 앵커이자 인터뷰 전문가로서 정말 오랜 기간 일한 언론계 선배입니다. 그녀는 수많은 앵커 중에서도 '인터뷰 전문가'로 인정받은 사람이죠. 자신만의 전문성을 지녔기 때문에, 대체 불가인 존재로 51년 동안이나 방송을 했습니다. 저도 그녀처럼 제 전문성을 살려 80대까지 TV를 통해 시청자들을 만나고 싶습니다. 대한민국에서도 바바라 월터스가 존재한다는 것을 직접 입증하고 싶다는 꿈을 꾸고 있습니다.

또 한 명의 롤모델은 명품 브랜드 샤넬의 창시자인 가브리엘 샤넬입니다. 그녀는 여성 인권 향상에 획을 그은 디자이너이기 때문입니다. 1926년, 샤넬이 세상에 선보인 '리틀 블랙 드레스'는 세계 최초로 여성에게 자유로운 움직임을 선사한 의상이었고, 그녀는 인조 진주 목걸이를 제작해 여성이 직접 경제 활동을 통해 번 돈으로 자신을 꾸밀 수 있는 문화를 만들었습니다. 남성 중심의 패션계를 여성까지 고려하는 분위기로 전환시켰고, 여성이 자신의 목소리를 낼 수 있는 사회를 조성하는데 중요한 역할을 했죠. 샤넬은 인권 운동가도 아니었고, 페미니즘 활동가도 아니었지만, 디자이너로서 자신의 분야에서 최선을 다함으로써 여성 인권 향상에 큰 도움을 준 인물입니다. 저도 언론인이라는 위치에서 제 역할을 잘 해내는 것으로, 국제 인권 향상에 보탬이 되고 싶습니다.

Q 국제뉴스 전문 아나운서로서 여성 인권에 관심이 많은 이유는?

A 제가 여성이고 언론인이기 때문입니다. 성인이 되어 사회생활을 해보니 여성이라서 경험하는 부당한 경우가 분명 있었어요. 비슷한 일을 겪은 분들이 많아서 그런지, 대한민국 사회의 남녀 분쟁은 심각한 상황이고요. 그런데 남녀 사이의 갈등이 필요 이상으로 심해지니, 제가 여성인데도 그 분쟁을 바라보는 게 불편해지더라고요. 왜 그런가 싶어서 페미니즘을 학문적인 관점에서 연구해 봤습니다.

그 결과, 대한민국 사회에서 인식되는 페미니즘의 개념은 일부분에서 크게 왜곡되었다는 사실을 깨닫게 되었습니다. 또한, 석사 과정 중에 한국 밖, 세상의 여성들은 어떻게 살고 있는가를 구체적으로 알게 되면서 시야를 넓힐 수 있었죠.

국제 인권 수업 시간에 아프가니스탄, 이란 여성들의 영상을 보며 교수님과 함께 울고, 다양한 국가의 친구들과 토론했던 시간은 제 삶에서 정말 큰 역할을 한 터닝 포인트가 되었습니다.

페미니즘 관련 논문들을 읽고, 현재 국제 사회에서 벌어지고 있는 인권 침해 이슈들을 분석해보니, 우리 사회는 너무 좁은 시각으로 남녀를 가르고 있다는 생각이 들었습니다. 여성의 인권이 향상된다고 남성의 인권이 퇴보하는 것이 절대 아니고, 여성과 남성은 결코 대립해야 할 대상이 아니니까요.

물론 우리 사회 전체가 여성 인권에 대해 왜곡된 시각을 갖고 있다고 보긴 힘듭니다. 하지만, 분명히 보편적인 의미에 대한 수정은 필요해 보입니다. 이 역할은 언론이 해야 한다고 생각합니다. 저는 여성이자 언론인으로서 인권과 여성 인권에 대한 왜곡된 해석을 바로잡고, 불필요한 사회적 분쟁을 해결하는데 작은 역할이라도 하고 싶다는 소망을 품고 있습니다.

이란은 세계에서 사형 집행 건수가 5위 안에 드는 국가입니다. 매해 국제 앰네스티가 발표하는 결과를 보면 4위와 5위 사이에서 늘 움직이죠. 지난해에는 미성년자 사형을 연이어 집행하면서 국제 사회의 반발을 사기도 했고요. 그런데 이란 사회를 자세히 들여다보면, 더 큰 문제를 발견할 수 있습니다.

바로, 여성 사형 집행 건수가 독보적으로 세계 1위라는 사실입니다. 사형을 실제로 집행하는가 하지 않는가도 국제 사회에서 오랫동안 논쟁이 이어진 이슈입니다. 하지만, 이란에서 여성 사형 집행을 얼마나 자주, 왜 하는가를 살펴보면, 그 안에서 여성 인권 침해가 얼마나 심각한 문제인지 인지하게 됩니다.

이란에서 최근 5년간 사형당한 여성의 죄목을 보면, 남편에게 폭행당해 이혼을 원해서, 아버지의 강요로 10대에 강제 결혼한 여성이 집을 나가서 등과 같은 것들입니다. 여러분은 이 죄목들이 사형당할 합당한 이유로 보이십니까? 물론 우리가 일상에서 경험하는 성차별 이슈가 작은 문제라는 건 아닙니다. 모든 인간은 똑같이 소중하고, 기본 인권을 보장받아야 하니까요. UN 인권 헌장에 제시된 내용을 살펴보면, 성별로 인한 차별은 결코 있어서는 안 되는 일이고요. 하지만, 지구 반대편에서 자신의 이름조차 자유롭게 갖지 못하고, 교육받을 권리도 무참히 침해당하고, 심지어 부당한 이유로 사형을 당하고 있는 여성들에 대해 생각해봐야 하지 않을까요? 사회 구성원 모두가 조금씩만 시야를 넓힌다면, 기본 인권을 침해당하는 사람이 한 명이라도 줄어들 수 있을 것입니다.

제가 존경하는 가브리엘 샤넬은 인권 운동가가 아니었습니다. 하지만, 패션 디자이너로서 국제 여성 인권 향상에 큰 역할을 했습니다. 여성의 독립적인 경제 활동을 독려하고 자유로운 움직임이 가능하게 만들었죠. 저도 언론인으로서 국제 여성 인권 향상에 1cm라고 도움이 되고 싶습니다. UN에서 이 주제로 연설할 날을 기대하면서, 제 자리에서 최선을 다하려고 합니다.

Q 국제뉴스 전문 아나운서라서 행복할 때는?

A 현실적인 답변부터 먼저 할게요. 전문성을 인정받은 덕에 다양한 방송국에서 섭외를 많이 받아서 좋습니다. 국제회의 영어 MC로서 제 몸값이 올라서 좋고요.

지난해, KBS 보도국의 공식 유튜브 채널인 크랩(Klab)에서 '글로버리'라는 프로그램을 진행했습니다. 영상의 조회 수가 50만이 넘을 정도로 시청자분들의 큰 관심을 받았는데요. 저는 KBS 보도국에서 아나운서가 아니라 국제뉴스 전문가로서 섭외를 받았습니다. 유튜브라는 플랫폼의 특성상 TV보다는 자유로운 형식의 국제뉴스를 전할 수 있었고, 스태프들과 회의를 거치긴 했지만, 주로 제가 직접 주제를 정해 자료를 정리하고 원고를 작성해서 진행했습니다.

국제 사회에서 주목받고 있는 이슈를 깊이 있게 분석해 저의 인사이트를 담아 비평까지 하는 역할을 하면서, 제가 언젠가 진행하길 꿈꾸고 있는 '박세정의 국제 뉴스쇼'의 전신이 될 거라는 생각이 들었습니다. 전문성을 인정받을 때, 역량을 펼칠 기회가 늘어난다는 걸 직접 체험했던 경험이라 행복했습니다.

프로의 세계에서 능력을 입증하는 가장 명확한 방법은 몸값의 변화이니, 이와 관련한 얘기도 빼놓을 수 없겠죠. 저는 해마다 약 150회의 공식 행사 진행을 하고 있는데, 그중 70%가 국제회의 영어 진행입니다. 방송 경력이 18년, 행사 경력은 13년 차이다 보니 제가 받는 공식적인 진행료는 어느 정도 이상으로 이미 정해진 상황입니다.

그런데도 '국내 1호 국제뉴스 전문 아나운서'라는 타이틀로 불린 다음부터 진행료가 20% 정도 더 올랐습니다. 국제회의의 주제는 주로 기후 변화, 에너지 위기, 세계 경제 이슈, 지속 가능 개발, 국제 인권, UN을 포함한 국제기구, 국제법, 난민 문제와 같은 것들입니다. 제가 외신을 통해 연구하고 있는 분야와 정확하게 일치하죠. 자연스럽게 진행자로서 더 높은 가치를 인정받게 된 것입니다.

저의 최종 목표와 한 걸음 가까워진 것도 좋은 점입니다. 저는 '사회의 공기를 맑게 하는데 힘을 보태겠다.'라는, 어쩌면 비현실적일 수도 있는 꿈을 품고 아나운서 활동을 시작했습니다. 하지만, 그동안은 제 메시지를 전할 자격도 없었고, 기회가 주어지지도 않았어요. 아나운서는 '진행'의 전문가이지만, 전하는 내용에 대한 전문성을 지닌 경우는 많지 않은 게 현실이니까요. 그런데, 제가 국제뉴스 분야에 대한 전문성을 지녔다고 인정받기 시작하면서, 시청자 여러분께 메시지를 전할 기회가 늘었습니다.

탈레반이 아프가니스탄을 재집권하면서 생긴 인권 침해 문제에 대해 방송한 적이 있습니다. 여성들의 대학 교육이 금지된 상황을 전하면서, 탈레반의 탄생 배경부터 재집권

과정, 그로 인해 아프가니스탄 여성들의 삶이 어떻게 변화했는지 흐름을 분석해 보도했는데요.

저는 시청자 여러분께, UN이 채택한 세계인권선언의 제26조 '교육받을 권리'에 대해 설명했습니다. 마지막 클로징 멘트에서는 "우리는 아프가니스탄 여성들이 기본 인권을 침해당하고 있는 현실을 인지하고, 해결을 위해 함께 고민해야 합니다."라고 말했습니다. 실시간으로 올라오는 댓글을 통해 많은 시청자분들께서 소감을 나눠주셨고, 한 분은 "남의 얘기로만 생각했는데, 심각성을 알게 됐다. 문제를 제기해줘서 고맙다."라며 소감을 남겨주셨습니다. 제가 하는 말에 힘이 생겼다는 사실을 체감할 수 있었습니다. 아직 갈 길이 너무나 멀지만, 이 방향으로 계속 가면 꿈을 이룰 수 있을 거라는 희망이 생겼습니다.

앞으로의 활동이 기대되어 행복하기도 합니다. 물론 지금처럼 다양한 곳에서 섭외를 받고, 전문가로서의 활동 영역을 넓히는 게 언제까지 가능할지는 알 수 없습니다. 하지만, 제가 더 열심히 역량을 발전시킨다면 적어도 퇴보하지는 않을 거라는 확신이 있습니다.

제2부
영어 MC

A N N O U N C E R

Q 국제회의 영어 MC가 하는 일은?

A 최근 기후 변화, 에너지 위기, 분쟁, 난민 문제, 4차 산업혁명 등 국제 사회가 마주한 이슈들이 참 많죠? 전 세계 곳곳에서 정부나 기업 관계자들이 모여 다양한 문제점과 해결 방법에 대해 논의하는 국제회의가 꽤 많이 열립니다. 요즘은 한국의 MICE 산업이 발전하다 보니 국내에서 개최하는 경우도 많고요. 다양한 콘퍼런스, 세미나, 포럼 등을 영어로 진행하는 사람이 국제회의 영어 MC입니다.

Q 국제회의 영어 MC가 되기 위한 공식적인 자격은?

🅐 공개채용이나 캐스팅 오디션에 합격해서 방송국 아나운서로 채용되어야 합니다. 아나운서가 아니라면 적어도 방송국에서 '전문 진행자'로 일하고 있는 사람이어야 합니다. 전문 방송인이라 할지라도 프로그램 전체를 이끄는 진행자가 아니라 일방적으로 정보를 전하는 리포터, 캐스터 경력만 있다면 제대로 하기 힘든 일이 공식 행사 진행인데, 방송인조차 아니라면 결코 할 수 없겠죠. 영어 MC는 누구나 도전할 수 있지만 아무나 할 수는 없는 '전문직'이기 때문입니다.

최근 몇 년 사이, 아나운서나 전문 방송인이 아닌 사람들이 영어 MC 시장에 진입하는 경우가 늘어나면서, 업계 전체가 위기를 겪기 시작했습니다. 업계의 수준을 되찾고 위기를 해결하기 위한 '진짜' MC들의 고민이 깊어진 것도 이때문입니다.

국제회의 영어 MC 일은 영어 강사나 통역사 같은 다른 직업을 가진 사람이 부업처럼 겸업하거나, 영어를 완벽하게 구사하는 교포나 유학생이 할 수 있는 일이 결코 아닙니다. 도덕적으로도, 자격을 갖추지 않았으니 해서도 안 되는 것이고요. 한마디로 정리하면, 아나운서와 공식 행사 MC는 다른 직업이 아닙니다.

병원에 가면 의사가 진찰도 하고 수술도 하죠? 진찰이 방송, 수술이 행사라고 보면 됩니다. 만약 의대를 졸업하지 않고 의사고시에 합격하지도 않은, 다른 직업을 가진 사람이 국내 최고의 손기술을 가졌다고 가정해 봅시다. 심지어 의학 상식도 풍부하다고 해볼게요. 이 사람은 아픈 환자를 대상으로 수술을 집도해도 될까요? 아무리 실력이 최고라고 해도, 절대 해선 안 되겠죠. 자격을 갖추지 않았으니까요.

이런 게 바로 '사회적 약속'입니다. 사회에서 인정하는 전문 방송인이 아닌 사람이 공식 행사 MC 일을 하는 건 상식적으로 용납할 수 없는 일인 것이죠. 도덕적으로도 비난받을 일이고요. 여기서 의문을 품으실 수도 있어요. 만약, 전문 방송인은 아니지만 최고의 진행 실력을 갖췄다면, 그래도 해선 안 되는 거냐고요. 안타깝게도 공식 행사, 국제회의에서 MC에게 요구하는 진행 실력은 방송 경력 없이는 갖추기가 불가능합니다.

방송과 공식 행사에서 여전히 활발하게 활동하고 계신 34년 차 아나운서 선배님과 이 주제로 대화를 나눴을 때, '당연히 불가능하다.'라고 말씀하시더군요. 공식 행사는 생방송을 몇 시간 동안, 심지어 몇백 명 앞에서 진행하는 것과 같으니까요.

예상치 못한 상황이 방송보다 훨씬 자주, 큰 범위로 일어납니다. 세계 각국 정부와 공공 기관들이 연관된 자리가 대부분이고요. 전문가이자 민간 외교 사절로서 엄청난 책임감과 사명감을 지니고, 조심스럽게 해야 하는 일인 겁니다.

저의 경우만 봐도, 아나운서 공채에 합격한 후 꾸준히 방송국에서 5년 이상 경력을 쌓은 다음에 처음으로 행사 진행을 시작했습니다. 사실, 이렇게 당연한 사실을 설명해야 할 정도로 업계가 오염된 현실이 매우 안타깝고 마음 아픕니다.

앞서 아나운서 공채는 언론 고시라 불릴 만큼 까다롭다고 말씀드렸죠? 준비 과정도 매우 힘들고, 공채에 붙는 것도 결코 쉬운 일이 아닙니다. 현재 방송국에서 일하고 있는 아나운서분들, 시험 준비를 하고 있는 아나운서 지망생들은 이 얘기에 공감하실 겁니다.

실기와 필기 준비를 하는 것도 힘든데, 아나운서로서의 사명감과 책임감에 대해 고민하는 과정도 험난하고, 반복되는 실패로 인한 상처를 치유하는 과정도 참 고됩니다. 이 과정을 다 거쳐서 방송국에 입사해 충분한 경력을 쌓은 사람들조차 지속적인 섭외를 받기가 어려운 게 현실인데, 이 기본요건조차 갖추지 못한 사람이 어떻게 방송보다도 까다로운 행사 진행을 할 수 있을까요?

상식적으로 단순하게 생각해도 말이 안 되죠. 그 요건을 갖추고 난 후에도 5년, 10년, 15년 방송을 하며 다양한 프로그램을 진행해보고 실력을 쌓아서 하는 게 행사입니다. 쉽게 말해 방송보다 더 어려운 게 행사입니다.

돈 얘기도 해보겠습니다. 아나운서가 방송 프로그램을 진행하고 받는 진행료와 공식 행사를 진행하고 받는 진행료는 최소 5배 정도 차이가 납니다. 심지어 국제회의 영어 MC는 공식 행사 한국어 MC보다 진행료를 1.2배에서 2배 정도 더 받습니다. 진행자를 이렇게 대우해줄 만큼 수행해야 할 역할과 책임도 크다는 의미가 되겠죠. 그런데 이런 자리에, 사회가 인정하는 공식적인 자격을 갖추지 않은, 아나운서가 아닌 다른 직업을 가진 사람이 MC로 선다는 건 어떤 의미일까요?

행사 1건에는 참 많은 사람이 연결돼 있습니다. 주최 측과 광고주, 대행사, 섭외 업체, 내빈과 연사들, 정부 부처 직원들, 상황에 따라 각국 대사와 외교관까지……. 이 많은 사람이 한 번의 행사를 제대로 완성해내기 위해 몇 달, 혹은 1년 이상의 시간 동안 엄청난 에너지와 돈을 씁니다.

행사가 어떻게 진행되느냐에 따라 모든 관계자의 미래가 달라질 수도 있습니다. 누군가에겐 승진의 발판이 될 수도 있고, 누군가에겐 인생 최대의 경력이 될 수도 있기 때문입니다. 정기적으로 진행되는 방송과 단발성으로 열리는 행사의 가장 큰 차이점이 이것입니다. 최종 전달자이자 현장의 리더인 진행자의 역량에 따라 이들의 노력이 물거품이 될 수도 있고, 행사에 쏟아진 엄청난 예산이 한순간에 빚이 될 수도 있는 것입니다.

영어 MC 지망생들에게 왜 이 일을 하고 싶은 건지 이유를 물어보면 "돈을 많이 벌잖아요."라는 답변을 할 때가 많습니다. 다른 직업을 가진 사람들이 이 분야에 뛰어드는 이유도 이 때문인 경우가 많은 게 현실이고요.

보통 2시간 정도 진행을 하는데 몇백만 원 단위까지 받을 수 있는 이 일은 분명히 매력적입니다. 그러나 돈을 많이 준다는 건 그만큼의 결과를 내야 한다는 의미입니다. 결코 가볍게 생각할 수 없는 부분입니다.

단순하게 돈의 관점에서만 해석해 봐도, 이 일을 할 수 있는 자격을 갖추기까지 어려운 과정을 거치는 이유가 있는 것이죠. 그런데 그 과정을 생략하고 영어를 잘한다는 이유만으로 이 업계에 진입해 아나운서를 사칭하는 것은 비겁하고 무책임한 행위입니다.

대본을 또박또박 잘 읽는 건 '진행'이 아닙니다. 행사의 기본 구성과 자주 쓰는 표현만 알면 된다는 것도 매우 위험한 주장입니다. 자격을 갖추지 않았는데도 진행만 잘하면 되지 않느냐는 주장에는 냉정하고 확실하게 답변해드리겠습니다.

적어도 지금까지는 업계에 그런 사람이 아무도 없었습니다. 국제회의 영어 MC로 일하고 싶은 분들이라면, 정당한 경로(The right channel)를 통해 방송국에 입사하시기 바랍니다.

아나운서로서 충분한 방송 진행 경력을 쌓은 후 영어 MC 업계에 진입한다면 스스로에게나 업계에 부끄럽지 않은 마음으로 일할 수 있을 것이라 확신합니다.

Q 국제회의 영어 MC가 갖춰야 할 자질은?

A 정당한 자격과 이견 없는 실력, 사명감, 그리고 주인의식을 꼽겠습니다.

첫째, '정당한' 자격이라고 표현한 이유가 있습니다. 앞서 말씀드린 것처럼, 방송국에 채용돼 경제 활동을 하는, 즉 사회에서 인정한 아나운서여야 하는 것인데요.

아나운서가 아니라면 적어도 전문 방송 진행자여야 영어 MC로서의 정당한 자격을 갖췄다고 볼 수 있습니다. 앞서 아나운서라는 직업에 대해 자세히 설명해드렸죠? 단순히 방송에 목소리가 나가는 건 진행이 아닙니다.

영어 라디오 방송국에서 한 코너를 맡는다고 가정해 봅시다. 진행자, 즉 메인 DJ는 따로 있는 상황에서 코너에 출연해 뉴스를 번역해 읽어주거나, 질문에 대한 답변을 하는 것은 진행이 아닙니다. 방송 출연과 진행은 다르니까요. 영어 MC로 일하고 싶다면, 먼저 사회에서 인정하는 '자격'을 갖춰야 합니다.

두 번째, 이견 없는 실력을 갖춰야겠죠. 여기서 말하는 실력이란 진행 능력과 발성, 영어 구사력 정도가 될 것입니다. 가장 중요한 부분이 진행 능력인데요. 행사 전체를 총괄하는 MC답게 흐름을 이끌어가고 상황 변화에 잘 대처해야 합니다. 진행자로서 기본 자질을 제대로 갖춘 상태에서 방송 경력을 꾸준히 쌓으면, 다양한 성격의 행사에서 이견 없이 좋은 피드백을 받을 가능성이 커집니다.

진행 능력 다음으로 중요한 부분은 발성입니다. 방송 스튜디오보다 몇 배는 큰 행사장에서, 적게는 몇백 명, 많게는 천 명 이상의 참가자들을 집중시키려면 소리를 제대로 낼 줄 알아야 합니다.

마이크가 있는데 무슨 문제냐고 하실 수도 있는데요. 아무리 성능 좋은 마이크가 있다 해도, 발성이 제대로 잡히지 않으면 원활한 진행은 어렵습니다. 무조건 큰 소리를 내야 한다는 얘기가 아닙니다. 복식 호흡을 하면서 중저음의 맑고 단단한 목소리로 발화할 수 있어야 합니다.

아나운서가 아닌 사람들이 국제회의를 진행할 때, 참가자들이 가장 큰 차이를 느끼는 부분이 바로 발성이기도 한데요. 아나운서 지망생들이 공채 시험을 준비하면서 긴 기간 동안 엄청난 노력을 발성 연습에 쏟는 이유도 바로 이것입니다. 진행에 적합한 발성을 할 줄 모르는 상황에서 발화를 오래 할 경우, 듣는 사람이 불편해지기 때문이죠.

다음으로 반드시 갖춰야 하는 부분이 바로 능숙한 영어 구사력입니다. 정확한 발음으로 자유롭게 대화할 수 있을 정도의 회화 실력을 갖춰야 하고, 상황에 맞는 어휘 사용이 가능해야 합니다. 추가적으로, 기본적인 통·번역 능력도 필요합니다.

영어 MC 후배들이 '발음'에 대한 고민을 털어놓을 때가 많습니다. 자신은 국내파라 발음에 자신이 없는데 어떻게 해야 하느냐고 묻는 경우도 있고, 반대로 영어권 국가에서 7-8년 이상 체류한 입장에서 봤을 때 다른 MC들의 영어 발음에 문제가 많다고 짚는 경우도 있습니다. 이 문제에 대해 명확한 답변을 드리겠습니다. 좋은 발음이란 의사소통에 문제가 없는 표준 발음입니다.

미국 동부의 발음이 남부의 그것보다 좋다고 볼 수 없고, 영국 발음이 호주 발음보다 좋다고 볼 수 없다는 것이죠. 영어 사전을 찾아보면 단어 옆에 발음 기호가 나와 있는데요. 그 표준 발음에 맞게 발음하고 있다면, 그래서 자유로운 의사소통이 가능하다면 잘 발음하고 있는 것입니다.

원어민과 비교했을 때 발음이 좋지 않다고 주눅들 필요는 없다고 말하고 싶습니다. 하지만, 내가 표준 발음에서 벗어난 틀린 발음으로 영어를 발화하고 있는지도 꼭 확인해야 합니다.

우리말에도 장단음이 있죠. '전기 자동차' 할 때 전기는 [전;기] (전을 길게 발음)이고, '위인전기'할 때 전기는 [전기] (전을 짧게 발음)입니다.

영어에서도 민감하게 신경 써야 할 모음들이 있습니다. sit 과 seat을 비교해봅시다. 둘 다 '앉다'라는 의미로 쓰일 때가 있는데, sit의 발음은 [sɪt]으로 짧게, seat은 [si;t]으로 길게 해야 합니다. 이 외에도 강세에 따라 의미가 전혀 달라지기도 하죠. 아무리 영어가 모국어가 아닐지라도, 틀린 발음으로 멘트를 하면서 MC의 자리에 서선 안 될 것입니다.

자유롭게 의사소통이 가능할 정도의 회화 능력은 기본적으로 반드시 갖춰야 하는 역량입니다. 영어라는 도구를 활용해서 회의를 진행해야 하는데, 영어로 말하는 게 불편해서 대본에만 의존한다면 진행 자체가 불가능하겠죠. 아무리 대본이 있어도, 대본에 나와 있는 내용만 말할 수 있는 사람은 진행자라고 할 수 없을 것입니다.

"행사의 구성을 파악하고 대본의 흐름만 알면 영어를 못해도 영어 MC가 될 수 있다."라는 온라인 광고 문구를 보신 적이 있을 텐데요. 실제로 이 업계에서 안정적인 경제 활동을 해본 사람이라면, 이게 얼마나 말이 안 되는 얘기인지 아실 겁니다.

또한, 회화 능력과 직결되는 것이 상황에 맞는 적절한 어휘 사용이 가능한지 여부입니다. 같은 내용도 좀 더 명확하게, 간략하게 정리할 수 있어야 전문 MC라고 할 수 있겠죠. 외국어는 쓰지 않으면 실력이 퇴보합니다. 어느 정도의 경지에 오른 상태라 해도, 노력하지 않으면 현 상태를 지킬 수도 없습니다. 영어 MC가 자신의 영어 실력에 자만하지 말고, 꾸준히 공부해야 하는 이유가 여기에 있습니다.

기본적인 통·번역 실력도 갖춰야 하는데요. 국제회의 진행을 하다 보면, 연사들의 이야기를 MC가 순차 통역해서 참가자들에게 전해야 하는 경우가 종종 있습니다. 물론 MC가 모든 내용을 통역할 필요는 없고 해서도 안 되지만, 개회사나 축사처럼 짧고 간단한 연설에 대한 순차 통역은 할 수 있어야 합니다. 이조차 할 수 없다면 영어 진행자라고 얘기할 수 없겠죠.

세 번째, 사명감을 가져야 할 것입니다. 영어 MC가 진행하는 행사는 대부분 국제회의입니다. 국제 사회에서 벌어지는 다양한 사건에 대한 궁금증과 문제의식, 해결을 원하는 마음, 즉 진심이 있어야 진행도 잘할 수 있겠죠. 진행자는 회의 주제에 대해 잘 알아야 합니다.

전문가만큼은 아니더라도, 연사들의 발표 내용을 제대로 파악할 수 있고, 필요하다면 의견을 보탤 수 있을 정도까지는 공부해야 하는 겁니다. 현장에서 능숙하게 애드리브를 하기 위함이기도 하지만, 행사 전체의 흐름을 잘 이끌기 위한 과정이기도 하죠. 세계 각국의 연사와 내빈들이 한국에 와서 국제 사회의 주요 이슈에 대해 논의하는 자리에 진행자로서 참여할 수 있음에 감사하는 마음을 가지면 좋은 진행자가 될 수 있다고 생각합니다.

마지막으로 주인 의식을 갖는 것이 매우 중요합니다. 앞서 진행자는 주인공이 아니라고 말씀드렸죠? 공식 행사나 국제회의를 진행하러 가면, 나 자신이 참 멋져 보일 때가 있습니다. 수백 명이 나만 바라보는데, 멋지게 꾸며진 무대에 서서 핀 조명을 받죠. 인사만 했는데도 큰 박수를 받고, 마치 현장에 있는 모두가 나를 우러러보는 것처럼 느껴지기도 합니다. 사회에서 나보다 훨씬 영향력이 있는 분들도 내 멘트에 따라 움직이죠. 행사 전체가 나의 말 한마디에 달린 것처럼 보이기도 합니다. 하지만 절대로 오해하지 말아야 합니다.

MC는 행사의 주인공이 아닙니다. 연사와 내빈을 포함한 참가자들과 주최 측을 먼저 생각해야 하고, 현장의 리더로서 모든 것을 책임져야 합니다. 음향 시스템의 문제도, 대본의 문제도 MC가 해결해야 하고, 현장 스태프들이 실수를 저질러서 행사가 원활하게 진행되지 못했을 때 MC가 비난을 받을 수도 있습니다.

MC는 말 그대로, 행사를 이끄는 총 책임자이자 '주인'(host)

인 것이죠. 진행자가 주인 의식을 갖느냐 갖지 않느냐에 따라 행사의 결과는 확연히 달라집니다. 책임의 무게만큼 보람을 느끼는 것이기도 하고요.

Q 영어만 잘한다고 영어 MC가 될 수 없는 이유는?

A 영어 MC는 말 그대로 영어 'MC'입니다. 영어라는 도구를 활용해서 행사를 이끌고 진행하는 직업이죠. 영어 실력이 좋다고 해서 영어로 공식 행사를 진행할 수 있다는 생각은 매우 위험한 착각입니다.

한국어 실력이 좋은, 심지어 원어민인 옆집 언니, 엄마, 여러분의 동생이 한국어 공식 행사를 진행할 수 없는 것과 같은 이치입니다. 전문 진행자로서 자격을 갖추기 위해, 그 어렵다는 언론 고시에 합격하고, 그토록 경쟁이 심한 방송국에서 몇 년 동안 실전을 경험하는 이유가 있는 것입니다.

두어 달 전, 국제회의 MC 섭외를 10년 이상 해오신 대행사 대표님과 커피를 마실 기회가 있었어요. 대표님께서 최근 영어 MC 시장의 수준이 낮아진 현실이 안타깝다며, 다음과 같이 말씀하셨습니다.

"영어 MC는 '영어' MC가 아니라 영어 'MC'인데, 그
걸 모르는 사람이 너무 많은 것 같아."

저는 이 말씀에 100% 동감했습니다. 영어 의사소통 실력
은 기본으로 갖춰야 하는 것이고, 진행 능력이 탁월해야
할 수 있는 일이 국제회의 영어 MC라는 직업이니까요.

또한, 대한민국에서 열리는 국제회의 진행은 우리말을 잘
해야 할 수 있는 일입니다. 행사를 준비하는 사람들이 대
부분 한국인이고, 준비 과정이 우리말로 진행되는 경우가
많으니까요. 행사를 잘 해내려면 준비 과정이 매우 중요한
데, 제대로 소통할 수 없다면 좋은 결과를 만들어 내기 어
렵습니다.

게다가 국제회의에 영어권 국가의 내빈들만 오는 것도 아
니죠. 물론 세계 공용어인 영어로 진행을 하지만, 아시아,
유럽, 아프리카를 포함한 다양한 지역 출신의 연사들과 내
빈들이 참석하기 때문에, 능숙한 영어 실력만으로 다른 부
족한 영역을 채우기는 현실적으로 힘듭니다.

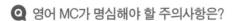

Q 영어 MC가 명심해야 할 주의사항은?

A 첫째, 영어 실력을 뽐내선 안 됩니다. 물론 영어 MC는

기본적으로 영어로 자유롭게 소통이 가능할 것이고, 업계에서 '영어를 매우 잘하는 사람'이라 인정받고 있을 것입니다. 특히 대한민국 사회에서는 영어를 잘할 때 좋은 대우를 받는 경우가 많죠. 영어를 잘하면 주변의 부러움을 사기도 하고, 다른 걸 좀 못해도 '영어 잘하니까 괜찮아.' 같은 이야기를 듣기도 합니다.

제가 실제로 이런 얘기를 듣고 있거든요. 스스로 생각하기엔 부족한 점이 너무 많은데, 상대적으로 영어를 좀 잘한다는 점 덕분에 더 긍정적인 평가를 받는 면이 분명히 있습니다. 감사하면서도 민망할 때도 있을 정도니까요.

다른 걸 떠나 수학적으로 따져봐도 영어 MC가 한국어 MC보다 더 많은 진행료를 받습니다. 이때 빠지기 쉬운 함정이 교만입니다. 제가 늘 '내가 누군가보다 영어를 잘한다고 생각하지 말자. 내 영어에 만족하지 말자.'라고 다짐하는 이유가 이것입니다. 행사가 끝난 후 긍정적인 피드백을 많이 받는데도, 들뜨지 않는 이유도 이와 관련이 있습니다.

프로로서 의뢰인의 기대를 만족시키는 건 어쩌면 당연한 일이죠. 만족을 넘어 그 다음 단계로 가기 위해 늘 자신과 싸워야 하는 것이 전문직의 숙명이고요. 자신의 영어 실력에 대한 교만에 빠지면, 진행자의 자리에서 영어를 뽐내게 될 가능성이 큽니다.

비영어권 내빈들이 많은 상황인데도 너무 빠르게 발화한다든지, 영어권 사람들만 알아들을 수 있는 표현을 쓴다든지, 행사의 흐름과 상관없이 영어로 필요 이상의 멘트를 하는 경우도 생길 수 있습니다.

한국인 내빈들이 많은 행사에서도 필수 사항을 영어로만 말하는 경우, MC로서 불가피한 순차 통역을 해야 할 상황이 생겼을 때 연사의 말을 제대로 듣지 않고 자신의 고집대로 엉터리 통역을 하는 경우도 꽤 많습니다.

내빈과 연사들이 가장 편하게 행사 내용을 파악할 수 있도록, 행사가 계획대로 여유롭게 흘러갈 수 있도록 상황을 책임지고 이끄는 것이 MC의 역할이라는 점을 인지한다면, 영어를 뽐내는 실수는 피할 수 있을 것이라 생각합니다.

두 번째, 실력과 자격을 갖추지 않고 시장에 진입하면 안됩니다. 영어 MC가 갖춰야 할 공식적인 자격, 영어 실력보다 더 중요한 진행 능력에 대해서는 앞부분에서 설명해드렸죠? 객관적으로 인정받을 수 있는 자격과 실력을 갖추지 않고 시장에 진입하면 왜 안 되는지 두 가지 관점에서 얘기해 보겠습니다.

먼저, '영어 MC가 내 직업이 될 수 있는가?'에 대해 냉정하게 살펴봅시다. 공식 행사는 방송과 달리, 단발성으로 섭외를 받아 진행합니다. 상대적으로 진입 장벽이 낮죠. 인맥을 통해 일을 시작할 수 있는 경우도 전혀 없다고 할 수 없고요. 영어 MC 일을 경험할 수 있는 기회는 생각보다 쉽게 얻을 수 있는 겁니다. 하지만, 이 일을 통해 안정적인 경제 활동을 하고 생활을 영위할 수 있는 '직업'이 될 수 있는

가는 전혀 다른 얘기입니다.

자격과 실력을 갖추지 않은 상태로 시장에 진입하면, 지속 가능한 직업으로 이 일을 하기가 힘듭니다. 전문 방송인이 아닌데 지속적으로 영어 MC로 섭외 받는 경우는 거의 없는 것이 현실이니까요.

극소수 사례가 있긴 합니다. 하지만 제대로 된 진행료를 받고 일할 가능성은 거의 없죠. 사실, 당연한 결과입니다. 아나운서가 아닌데 어떻게 시험에 합격해서 방송 경력을 쌓은 아나운서만큼 돈을 받을 수 있겠어요?

아무리 진행 능력을 타고나도 제대로 된 방송 경험 없이는 쌓기가 힘든 전문 영역이다 보니, 실력과 비례해 돈을 받는 프리랜서 세계에서 몸값이 낮게 책정되는 건 자연스러운 현상입니다.

우리가 생각해봐야 할 또 다른 관점은 '업계에 어떠한 영향을 끼치는가?' 입니다. 자격과 실력을 갖추지 않은 상태로 일을 하면, 업계에 악영향을 끼치게 됩니다.

만약, 통역사나 영어 강사가 영어를 잘한다는 이유로 시장에 진입했다고 가정해 봅시다. 아나운서보다 적은 금액으로 국제회의를 진행하게 되고, 상대적으로 적은 진행료를 받고 일하는 신입 아나운서들의 일할 기회가 줄어들겠죠? 이와 같은 흐름이 이어지면, 업계 전체의 시장가가 내려가고, 일자리가 없는 아나운서들도 늘어나게 됩니다. 다수의 피해자가 생기는 것이죠.

업계의 수준이 내려가는 것도 문제입니다. 진행의 기본인 발성조차 제대로 할 줄 모르는 비전문가들이 MC의 역할을 하면, 국제회의의 수준이 떨어지고, 그 피해는 주최 측과 광고주, 대행사, 참석자들이 오롯이 입게 되는 것입니다.

안타깝게도 현재 대한민국의 영어 MC 시장은 이미 퇴보하고 있다는 평가를 받고 있습니다. 이 업계에 20년 가까이 몸담고 있는 사람으로서, 제 직업을 사랑하는 한 인격체로서, 정딩한 자격과 이견 없는 실력을 갖춘 사람만이 영어 MC로 일할 수 있다는 사실을 강조하고 싶습니다.

세 번째, 경력을 속여선 안 됩니다. 당연한 얘기를 왜 하느냐고 하실 수도 있겠습니다. 그런데, 안타깝게도 이런 경우가 생각보다 많은 것이 현실입니다. 국제회의 영어 MC는 대부분 프리랜서이기 때문에 홍보가 매우 중요하죠.

인스타그램, 네이버 블로그, 유튜브를 포함한 다양한 소셜 미디어가 홍보의 수단으로 활용되고 있는데요. 인터넷상에서 다수의 거짓 포스팅을 만나볼 수 있습니다. 예를 들어, 국제회의에서 통역사로서 동시통역을 했는데 MC로서 진행을 했다고 포스팅을 하는 경우가 있었습니다. MC를 직접 섭외한 대행사 측에서 의문을 제기해, 행사 당일에 갑자기 역할이 바뀌었다는 거짓 답변을 한 상황이 벌어지기도 했었죠. 또한, 타인이 진행한 행사를 자신이 했다고 포스팅하거나, 프로필에 없는 행사명을 지어서 적는 경우, 1건의 행사를 진행했는데 3-4건으로 부풀려 쓰는 경우까지 있습니다.

제가 제안받은 행사에 후배들을 추천하는 경우가 종종 있습니다. 진행료가 맞지 않거나 일정이 되지 않을 땐 추천 의뢰를 받기도 하거든요. 그래서 다수의 영어 MC들에게 프로필 파일을 받았다가, 제가 진행했던 행사를 자신이 했다고 써놓은 경우를 직접 목격하고 놀랐던 기억이 납니다. 5년 전쯤 독일 수입차 브랜드 행사를 진행했을 때 만난 대행사 대표님께서, 어떤 영어 MC가 제출한 프로필에 거짓 경력이 많았다고 하셨던 적도 있습니다.

경력이 많아야 섭외도 더 받고, 진행료도 잘 받을 수 있으니 다급한 마음이 들 수 있다는 건 이해합니다. 하지만, 경력을 속이고 부풀리는 일은 절대로 해선 안 됩니다. 자신을 속이는 일이기도 하지만, 타인에게 엄청난 피해를 주는 일이기도 하니까요. 겉으로 드러내지 않을 뿐, 진실을 알고 있는 사람들이 많거든요. 처음에 들키지 않았다고 끝까지 속일 수 있는 건 아니라는 걸 꼭 기억해야 할 것입니다.

Q 영어 MC 양성을 위한 전문 교육기관이 있는지?

A 영어 MC 양성 아카데미들은 꽤 있습니다. 최근 5년 사이에 많이 생겨서, 열 군데 가까이 있는 것으로 알고 있어

요. 한국에서 국제회의가 많이 열리면서 영어 MC에 대한 수요도 늘었기 때문이죠. 공식 행사 MC 아카데미도 꽤 많이 생겼는데, 그 안에서 영어 MC 반이 운영되는 경우도 있습니다.

하지만, 이 아카데미들을 전부 신뢰할 수 있는가에 대해서는 물음표라고 답하고 싶습니다. 제가 감히 언급하기 조심스러운 부분이지만, 강사진의 경력이나 실력에 대해 신뢰할 수 없는 경우도 꽤 많은 것이 현실이니까요. 어쩌면 당연한 일이죠. 영어 MC 아카데미들은 공공 교육기관이 아니고 사교육 업체이다 보니, 진정한 교육과 사업적 이익이라는 가치가 충돌할 수밖에 없으니까요.

"방송국에 입사하지 않아도 우리 아카데미에서 교육을 받으면 영어 MC가 될 수 있다."라고 주장하는 곳도 있고, 심지어 "나한테 배우면, 영어 실력을 키우지 않아도, 아나운서가 아니어도 몇 개월 안에 영어 MC가 될 수 있다."라는 주장까지 하는 곳도 있습니다.

간절한 지망생들을 대상으로 이런 비현실적인 주장을 펼치는 학원들이 존재한다는 현실이 씁쓸합니다. 제대로 된 교육기관이 많아지면 좋겠지만, 업계에서 영어 MC로 바쁘게 일하는 사람들은 인재 양성에 집중할 수 없는 구조이다 보니 어쩔 수 없기도 합니다. 실력과 경력이 검증된, 교육적 가치를 추구하며 최선을 다해 학생들을 가르치는 강사들도 물론 많습니다. 하지만 지망생 입장에서, 강사들과 아카데미를 잘 선별해 찾아가기란 매우 어려운 상황입니다.

국제회의 영어 MC로 일하기를 원하는 후배들이 가야 할 교육기관은 MC 학원이 아니라 아나운서 아카데미입니다. 아나운서 아카데미도 사교육 업체지만, 적어도 기본 발성과 뉴스 리딩 방법, 아나운서로서의 사명감을 배울 수 있기 때문입니다. 앞서 강조한 것처럼 아나운서, 또는 전문 방송인이어야 MC로 일할 자격이 있는 것이니까요.

아나운서 아카데미에서 기본부터 제대로 배우고, 공채나 캐스팅 오디션 같은 정당한 경로를 통해 방송국에 채용돼 일해야 하는 게 첫 단계이고요. 어느 정도의 방송 경력을 쌓은 후에, MC 아카데미를 추가로 다니면서 공식 행사의 메커니즘과 MC의 자질에 대해 배우면 좋지 않을까 싶습니다.

Q 영어 MC는 어떻게 섭외하는지?

A 크게 두 가지 경로가 있습니다. MC 모집에 지원해서 뽑히거나, 아니면 행사 주최 측으로부터 역으로 섭외를 받는 것이죠.

행사가 방송과 다른 점은 MC를 선발하는데 오디션이 없다는 것입니다. 방송은 정기적으로 제작되지만 행사는 단발성이다 보니, MC 후보들의 경력과 사진, 학력이 정리된 프로필과 진행 동영상을 보고 주최 측이나 광고주가 결정하게 되는 것이죠. 이 외에는 추천을 통해 시장에 진입하는 경우도 있습니다. 진행을 잘했을 때, 다음 행사에서 재섭외 받을 가능성이 생기는 것이고요.

저는 아나운서 공채에 합격한 후 방송 경력을 5년 쌓은 다음 공식 행사 진행을 시작했습니다. 운이 좋게도 행사 MC로 업무 범위가 확대된 첫해부터 청와대에서 대통령 포럼을 진행했는데, 규모가 큰 정부 행사 MC로 일을 시작한 덕에 제가 MC 모집에 지원한 적은 없고, 바로 섭외를 받아 일하게 되었습니다. 5년이라는 방송 경력이 있었기 때문에 가능한 일이었고, 같은 이유로 진행료도 처음부터 일정 수준 이상으로 받을 수 있었습니다.

지금은 업계 분위기가 많이 달라져서 말도 안 되는 수준으로 진행료를 제공하는 행사도 많고, 그 점을 악용해서 자격이 없는데도 싼 가격에 일하는 사람들도 많아졌죠. 후배들이 어려움을 많이 겪고 있을 겁니다. 그래서 제가 매해 '박 아나의 무료특강'을 여는 것이고요. 특강과 관련한 자세한 얘기는 뒤에서 해드릴게요.

우선 MC 후보들이 직접 MC 모집에 지원하는 방법을 설명해 보겠습니다. 각종 행사 대행사나 섭외 업체, 또는 '미디어잡'이나 '필름 메이커스' 같은 관련 웹 페이지에 공고가 올라오는데요. 지원자들이 프로필을 제출하면 됩니다. 행사 1건에 수십 명에서 수백 명까지 지원자가 몰리는데, 그 안에서 프로필과 영상을 보고 대행사가 1차로 거르고, 최종 결정은 광고주나 주최 측이 하게 됩니다.

행사 주최 측으로부터 역으로 섭외를 받는 경로에 대해서도 얘기해 보겠습니다. 업계에서 일을 잘한다고 인정받으면 대행사나 섭외 업체에 소문이 나고 MC 리스트에 올라가게 됩니다. 그 과정에서 자연스럽게 섭외 연락을 받게 되는 것이죠.

주최 측에서 한 아나운서를 지정하면 대행사나 섭외 업체들이 그 아나운서를 섭외하기 위해 경쟁하는 경우도 있고요, 대행사 3-4개가 각각 아나운서 3명 정도의 후보군을 제안하고 경쟁하는 경우도 있습니다. 섭외 의뢰를 받아도 약 12명 중 1명이 최종 선발되는 것이죠. 직접 캐스팅 오디션을 보진 않지만 그동안 일했던 내용을 바탕으로 정리된 자료를 통해 선발되는 과정입니다.

저는 저를 반복적으로 섭외해 주시는 대행사, 섭외 업체가 50개 이상 있는 상황이고, 정부 기관이나 국제기구에서 저를 MC로 지정하는 경우가 특히 많습니다. 지난해 말에 실제로, 하루에 행사 4건이 동시에 들어와서 행복한 고민을 하기도 했습니다.

추천을 통해 행사를 진행하게 되는 경우도 꽤 있습니다. 저는 진행료나 일정이 안 맞을 때 적극적으로 후배들을 추천하거든요. 실력과 인성이 좋은 후배가 있으면 보통 3명 정도 추천하고, 그 안에서 MC가 결정되는 구조입니다. 그래서 저는 평소에 열심히 노력하고 안정적인 실력을 갖춘 후배들을 만나면, 프로필을 미리 받아 놓기도 합니다.

Q 영어 MC 프로필 만드는 법?

A 프리랜서 아나운서의 프로필은 한글이나 워드 파일로 작성하는 보통 이력서와는 차이가 있습니다. 보통 PPT 슬라이드로 제작하는데요. 최소 5페이지에서 최대 20페이지 안으로 만들고, 연락처와 학력, 경력 사항을 요약해서 적고 다양한 사진을 추가합니다.

저는 첫 페이지에 제 이름과 대표 사진, 저를 요약할 수 있는 문장을 써서 책의 표지처럼 만들었습니다. 다음 페이지에는 학력과 연락처를 적고, 그다음 페이지부터 방송과 공식 행사, 국제회의 진행 이력을 적었습니다. 전문 사진관에서 촬영한 프로필 사진과 방송이나 행사 현장에서 찍은 업무 사진이 있어야 하고요. 앞서 강조한 것처럼 경력을 부풀리거나 속이면 안 됩니다.

방송 프로그램을 단 몇 회 대타로 진행했는데 '○○○ 프로그램 MC'라고 기재하는 경우, 지역 지상파 아나운서로 일한 경력을 본사 경력처럼 쓰는 경우, 리포터로 채용되었는데 아나운서라고 적는 경우 등 교묘한 속임수를 쓰는 사람들이 꽤 많은데, 절대로 해선 안 되는 행동입니다.

가끔 학력을 속여 기재하는 경우도 있는데요. 실제로, 한 MC가 대학원에 입학한 후 졸업하지 않았는데 대학원 이름만 적어둔 경우가 있었습니다. 보통 학위를 취득했으면 '000 대학원 000학과 석사'라고 기재하는데, 졸업하지 못했으니 학교명만 적은 것이죠. 이런 경우에는 학사 이력까지만 적고, 그 이상은 학교명도 적지 않는 것이 원칙입니다. 상대방을 속일 의도가 없다면, 교묘하게 '석사'라는 내용을 빼고, 학교 이름만 기재할 필요가 없겠죠.

PPT 파일은 보통 타인이 수정하는 것도 가능하니, 특별한 요청이 없을 땐 PDF 파일로 만들어서 섭외 업체나 대행사에 보내면 됩니다. 최근에는 진행 영상을 요청하는 경우가 많기 때문에, 유튜브 같은 플랫폼에 동영상을 올려둔 다음 링크를 보내기도 하고, 진행 영상을 소장하고 있다가 보내기도 합니다.

Q 행사장에서 동영상 촬영도 가능한지?

A 저는 휴대용 삼각대를 갖고 다니면서 직접 촬영합니다. 단, 리허설 때만 촬영을 합니다. 그 이유는 두 가지가

있습니다.

우선, 리허설 때 제가 진행하는 모습을 촬영해 모니터링하기 위해서입니다. 실제로 진행하는 모습을 보고, 음성이나 자세, 멘트를 확인한 후 행사를 시작하면 진행의 질이 훨씬 높아지기 때문이죠.

두 번째 이유는 행사에 집중하기 위해서입니다. 공식적으로 행사가 시작된 이후에 개인적으로 영상을 촬영하면, 나도 모르게 내 카메라를 신경 쓰게 됩니다. 행사에 집중하기가 힘들죠. 영상 기록을 남기기 위해 행사 도중에 개인 카메라로 영상을 촬영하는 것, 특히 포디움 위에 카메라를 두고 얼굴을 담는 것은 비판받아 마땅한 행동입니다. 행사의 원활한 진행을 우선순위로 두지 않고, 자신을 행사의 주인공이라 착각한 행동이라 볼 수 있을 테니까요.

리허설 때 직접 촬영한 동영상을 깔끔하게 편집하면, 상황에 따라 섭외 업체나 대행사로 보낼 수 있는 영상으로 탄생할 수 있습니다.

또 다른 방법은 유튜브 생중계를 휴대 전화 화면 녹화로 저장하는 것입니다. 코로나 19 팬데믹 이후에는 국제회의가 온라인으로 생중계되는 경우가 많아졌습니다. 행사가 끝난 후에 모니터링하면서 화면 녹화를 해두면, 동영상 요청을 받을 때 활용할 수 있습니다.

저는 방송이나 행사가 끝나면, 30분 정도 복기하는 시간을 갖는데요. 이때 녹화해둔 영상을 보고, 부족한 점이 무엇이었는지 정리합니다. 그리고 특별한 일이 없는 한, 그 날 자기 전에 녹화 영상을 1분 이내로 짧게 편집하는데요. 평소에 부지런하게 이 작업을 해두면, 섭외 업체나 대행사에서 진행 영상을 보내 달라고 요청할 때 기민하게 대응할 수 있습니다.

섭외 제안 연락이 왔을 때 얼마나 빨리, 상대방이 원하는 자료를 충분히 보낼 수 있는가 없는가도 섭외와 직결되는 부분이니 꼭 미리 준비해 두시길 바라요.

Q 영어 MC로서 많은 섭외를 받는 비결은?

A 믿을 수 있는 MC여야 합니다. 어떻게 하면 믿음직한 MC가 될 수 있을까요? 먼저 뛰어난 진행 실력을 갖추는 게 가장 확실한 방법입니다. 너무 당연한 얘기라 '이게 무슨 비결이야?' 하실 수도 있겠습니다. 하지만, 실력을 인정받으면 자연스럽게 재섭외를 받게 되는 건 부정할 수 없는 사실입니다.

대본을 완벽하게 파악해서 행사를 진행할 수 있는가, 예상치 못한 일이 벌어져도 능숙하게 상황을 이끌어 갈 수 있는가, 영어 구사력이 뛰어난가, 행사 내용을 깊게 알고 진행할 수 있는가 등에 대해 냉정하게 자신을 돌아보면 답이

나올 겁니다.

소셜 미디어를 보면, 행사 진행을 했는데 내빈으로 참석한 장관이나 광고주가 현장에서 직접 칭찬해줬다는 포스팅이 꽤 있는데, 사실 이런 포스팅은 거짓말인 경우가 많습니다. 규모가 큰 행사일수록 내빈과 MC가 직접 대화할 기회는 없는 것이 사실이니까요.

물론 현장에서 관계자들에게 칭찬을 받을 때도 있는데, 들뜰 이유는 없습니다. 정말 진행을 잘했으면 칭찬을 받는 게 아니라, 다음 행사에서 다시 MC로 섭외 받고, 진행료를 더 큰 금액으로 받게 되는 것이니까요. 그게 실력에 대한 가장 확실한 입증입니다. 그러니, 다른 누군가의 인위적인 홍보에 신경 쓸 필요도, 비교해서 좌절할 필요도 없습니다.

저는 일이 끝나면 차에 앉아서, 그날의 상황을 처음부터 끝까지 곱씹는 시간을 갖는데요. 어떤 점을 잘했는지, 어떤 점이 아쉬웠는지 냉정한 자기 평가를 하는 겁니다. 그 과정을 통해 자만이라는 어리석은 덫으로부터 스스로를 지키고, 더 잘해야겠다는 다짐을 하게 됩니다. 자기객관화를 잘할수록 발전할 수 있으니까요.

다음 비결은 시간을 잘 지키는 것입니다. 보통 행사 시작 2시간 전에 리허설을 하는데, 늦지 않게 현장에 도착해야 합니다. 이것도 당연한 얘기죠? 하지만 생각보다 시간을 정확하게 지키는 일이 쉽지 않기도 하고, 특별히 신경 써서 노력하지 않는 한 그 누구도 지각 가능성은 있습니다.

한 동료 아나운서가 하루에 2건의 행사를 1시간 간격으로 잡은 거예요. 그런데 앞 행사가 예정보다 늦게 끝난 거죠. 그래서 퀵서비스 오토바이를 불러서 달려갔지만, 다음 행사 리허설에 늦게 도착하게 됩니다. 물론 본 행사 직전에 도착해서 행사 자체는 문제없이 끝났다고 합니다. 자, 신중하게 생각해 봅시다. 행사는 잘 끝냈으니 괜찮은 걸까요? 아닙니다. 절대로 이런 상황을 만들어선 안 됩니다.

물론 10월부터 12월은 행사가 많은 시즌이라, 많은 섭외를 받게 됩니다. 행사를 많이 진행하면 돈도 더 벌고 경력도 쌓이니 최대한 많이 하고 싶은 게 모든 아나운서의 마음일 것이고요. 그러나 위의 사례는 자신의 이익을 위해 수많은 행사 관계자들에게 피해를 끼친 경우입니다.

행사 자체는 문제없이 진행됐다 해도, 리허설이 제대로 진행되지 못했고, 그로 인해 행사 관계자들이 불안감을 느꼈을 테니까요. 함께 일하는 사람들의 마음을 불안하게 하는 것도 프로답지 못한 행동입니다. 이럴 땐 깔끔하게 포기할 줄도 알아야 할 것입니다.

저는 하루에 행사 2건은 잡지 않는 것을 기본 원칙으로 세우고 일하고 있습니다. 물론 어쩔 수 없이 제가 꼭 해야 하는 행사(대통령, 장관 등 행사 주요 참석자가 저를 지목하거나 규모가 큰 국제기구 행사라 베테랑 진행자를 요청할 때, 함께 오래 일해온 주최 측이나 대행사가 저를 지정한 경우)는 하되, 행사 사이의 간격이 최소 3시간은 보장돼있는 경우에만 일정을 잡습니다. 그게 제 철칙입니다. 시간을 잘 지키는 것은 국제회의 영어 MC에게 반드시 필요한 자질입니다.

마지막 비결은 상도덕을 지키는 것이라고 말하고 싶어요. 행사장에서 MC가 해선 안 되는 행동들이 있습니다. 자신의 이익만 생각해서 상도덕을 어기면 모두에게 피해를 주게 되죠. 그리고 안 좋은 일은 더 빨리, 더 멀리 퍼집니다. 물론 한 번 그런다고 바로 업계에서 퇴출당하진 않습니다만, 다양한 업체와 기관들은 서로 유기적으로 연결돼 있고, MC에 대한 평판을 서로 주고받기도 합니다. 행사 현장은 단순히 돈을 버는 곳만이 아닙니다. 프로로서 역할을 제대로 해내서 모든 행사 관계자에게 도움을 줘야 하는 곳이죠. 저는 행사 전에 늘 성경의 이사야 41장 10절을 외우면서 기도하는데요.

> "두려워하지 말라. 내가 너와 함께 함이라. 놀라지 말라. 나는 네 하나님이 되리라. 내가 너를 굳세게 하리라. 참으로 너를 도와주리라. 참으로 나의 의로운 오른손으로 너를 붙들리라."

마지막 부분에서는 "제가 오늘 그 누구에게도 피해 입히지 않고, 오히려 도움이 될 수 있게 해주세요."라고 기도를 마무리합니다. 자신의 실력에 대해 냉정하게 평가할 줄 알고, 함께 일하는 동료들의 이익도 생각할 수 있다면, 많은

곳으로부터 섭외를 받을 수 있습니다.

Q MC로서 지켜야 할 상도덕이란?

A 개인 명함을 돌리면 안 됩니다. 자신을 홍보해야 하는 프리랜서 아나운서에게 명함을 돌리지 말라니 무슨 말인가 궁금하시죠?

행사 중간 쉬는 시간, 또는 행사가 끝나고 난 다음에 사람들이 MC 자리로 오는 경우가 많습니다. 보통 명함을 달라고 하시죠. 행사 참가자 중 기업체 대표나 정부 부처 관계자들이 있다 보니, 관련 행사 진행자로 섭외하길 원하는 상황인 겁니다. 그때 개인 명함을 건네면 안 됩니다. 왜냐하면, 그날만큼은 아나운서가 대행사나 섭외 업체로부터 섭외를 받아 그 업체에 소속된 입장으로 행사 현장에 간 것이니까요.

만약 주최 측에서 아나운서를 직접 지정해 섭외된 경우라면 상관없지만, 중간에 섭외 업체가 존재한다면 그땐 다른 얘기가 되는 겁니다. 주최 측도 아나운서의 개인 번호를 모르는 상황에서, 섭외 업체가 중간에서 모든 과정을 총괄한 것이기 때문이죠. 섭외 업체가 저를 대신해 저를 홍보해서 일을 성사시킨 것이고, 그에 상응하는 연결 수수료를 버는 구조입니다.

그런데 아나운서가 개인 명함을 누군가에게 건네면, 명함을 받은 쪽에서는 굳이 중간에 업체를 거치치 않고 직접 아나운서를 섭외하겠죠? 그럼 연결 수수료를 안 떼니 아나운서가 더 큰 돈을 벌게 될 테고요. 실제로 많은 아나운서가 행사장에서 개인 명함을 돌립니다. 하지만 이는 섭외 업체에 피해를 주는 행동입니다.

저는 이러한 상황을 마주하면, 제가 특정 업체로부터 섭외받아서 온 것이기 때문에 개인 명함을 드릴 수 없다고 정중하게 말씀드립니다. 대신, 섭외 업체의 대표님 (또는 현장에 오신 직원)을 모셔오겠다 하고 업체 분에게 바로 연결합니다. 다음 행사도 그 업체를 통하면 저를 섭외할 수 있다는 메시지인 것이죠. 이것이 바로 MC가 반드시 지켜야 할 상도덕입니다.

Q MC의 인맥 관리 노하우?

A 인맥 관리를 특별히 '따로' 하진 않습니다. 다만, 함께 일하는 사람들과 좋은 관계를 유지하려고 노력합니다. 저는 생일에는 간단한 축하 인사와 선물을 보내고, 크리스마스 이브에 1년 중 한 번이라도 연락을 주고받은 모두에게

메시지를 보내요. 제가 개인적으로 크리스마스를 좋아해 서이기도 하고, 한 해를 마무리하는 시점에서 저와 인연을 이어가는 모든 분께 감사와 응원의 마음을 표현하기 위한 것이죠.

'인맥 관리'라는 명목하에 사람들과 관계를 유지하는 건 제가 추구하는 방향은 아닙니다. 어떠한 목적을 지니고 사람을 만나면 그 의도가 드러나기 마련이거든요. 실제로 저에게도 목적을 갖고 다가오는 사람들이 꽤 있습니다. 제가 영어 MC 업계에서 가장 활발하게 활동하는 사람 중 하나이다 보니, 저와 친하게 지내면 일할 기회가 생긴다고 오해하시는 분들이 종종 있더라고요. 저는 소위 말하는 권력이 있는 사람이 아닌데도 말이죠.

몇 년 전, 인스타그램 메시지를 통해 한 여성이 저에게 만나자는 제안을 했습니다. 저는 그분이 여성이기도 하고, 다른 직종에서 일하는 사람이라 의심 없이 제안을 수락했고 만나서 커피를 마셨어요. 그분은 만남 내내 자신의 커리어에 대해 설명했습니다. 짧은 시간 안에 그녀의 삶을 요약해서 들은 것 같았죠. 그날 이후 가끔 연락을 주고받긴 했는데 전혀 친분이 있는 사이는 아니었습니다.

그런데 몇 개월 후, 한 대행사의 대표님으로부터 놀라운 얘기를 듣게 됐습니다. 그 여성이 행사 현장에서 아나운서라 사칭하며, "박세정 아나운서와 매우 친하다. 같이 일한 적도 많다."라고 얘기를 했다는 거예요. 이후 다른 대행사 대표님에게 같은 얘기를 또 듣게 되어, 이게 사실이라는 걸 확인하게 되었죠.

제 동료들은 그녀가 영어 MC 업계에 막 진입한 상황에서 자리를 잡기 위한 목적으로 저에게 접근했을 가능성이 있다고 해석했습니다. 참 당황스럽고 기분이 언짢았지만, 그 여성에게 직접 얘기하진 않았습니다. 제 에너지를 쓸 정도의 사이가 아니었기 때문이죠.

이와 같은 사례는 다양한 곳에서 꽤 많이 일어납니다. 물론 그 여성과 같은 사람들이 이 행동으로 인해 업계 사람들에게 당장 비난을 받진 않겠지만, 장기적으로 봤을 때 좋은 평판을 받을 행동도 아닙니다.

그렇다면 인맥 관리는 어떻게 해야 할까요? 물론 제 생각이 정답이라고 말할 순 없습니다. 하지만 지금까지의 긍정적인 경험을 바탕으로 말씀드리면, 숨겨진 의도를 갖지 말고 적당한 거리를 유지하면서 좋은 에너지를 발산하는 게 최고의 방법이라 생각합니다. 후배들에게 이 얘기를 하면, 이게 가장 어려운 거라고 말하더군요.

특히 적당한 거리를 유지하는 게 쉽지 않다는 반응이 많았는데요. 마음의 여유가 있어야 거리 유지가 가능해지고, 제대로 된 알맹이를 가지면 자연스럽게 여유가 생기더라고요. 저도 이 노하우를 터득하는데 참 오랜 시간이 걸렸습니다. 이 책을 읽고 있는 독자분들은 저보다는 좀 더 빨리, 편하게 좋은 방향으로 전진하셨으면 좋겠습니다.

Q 섭외 업체에 감사 표시를 꼭 해야 할까?

A 정답은 없습니다만, 저는 부담되지 않는 선에서 마음을 표현하는 편입니다. 물론 다음에 또 섭외를 해주셨으면 하는 마음이 담기지 않은 건 아니죠. 그런데, 아주 단순하게 생각해 봅시다.

엄청난 예산이 들어가고, 수많은 사람의 노력이 담겨 진행된 행사에 나를 MC로 세워줬다는 사실 자체가 참 감사한 일이죠. 단순하고 솔직하게 그 고마움을 표현하는 겁니다. 저는 보통 커피 두 잔 정도를 보내고요. 만약 한 업체로부터 여러 번 섭외를 받았다면, 비타민 같은 가벼운 건강 보조 식품, 또는 상대방 취향에 맞는 3만 원 이하의 선물을 보내기도 합니다.

반드시 선물을 보낼 필요는 없고, 진심을 담은 문자 메시지나 전화로 마음을 표현할 수도 있습니다. 나를 MC로 섭외해줬다는 사실에 대한 고마움도 있지만, 큰 행사를 잘 마무리하기까지 각자의 위치에서 애를 쓴 것이니까, 그 노력에 대해 진심으로 격려하고 감사한 마음을 전하면 되는 겁니다.

감사 표시 유무에 따라 재섭외 여부가 달라지는 경우가 없는 건 아닙니다. 하지만, 진행 실력을 인정받을 때 더 확실하게 이뤄지는 것은 분명합니다.

한 MC가 섭외 업체 대표에게 명품 브랜드의 스카프를 선물한 일이 있었습니다. 최소 50만 원 대의 선물이었죠. 씁쓸하게도 이 선물 덕에 그 MC는 같은 업체로부터 3회 연속 섭외를 받았습니다. 하지만 MC의 진행 실력에 대한 행사 주최 측의 평가가 부정적으로 나오면서 더 이상의 섭외는 이뤄지지 않았습니다. 질문에 대한 명확한 답이 되었을 거라 믿어요.

Q 행사 진행료가 맞지 않을 때 조율하는 법은?

A 저는 정중하게 거절합니다. 제 별명이 '거절 대마왕' 이거든요. 친구들이 부러워하더라고요. 거절을 잘하는 것도 용기가 필요한 일이니까요.

실제로 제가 받았던 섭외 제안 메일과 제가 보낸 답장 내용을 그대로 공개해볼게요. 정부 기관 행사였는데, 대행사에서 제시한 진행료가 제가 평소에 받는 금액의 35% 정도였어요. 저는 이렇게 답장을 보냈습니다.

"안녕하세요. 박세정입니다. 메일 잘 받았습니다.
먼저, 좋은 제안 해주셔서 감사합니다. 참고할 수

있는 자료도 충분히 보내주셔서 큰 도움이 되었습니다. 감사해요. 제가 그날 일정은 현재 가능한 상황인데요. 보통 콘퍼런스를 진행할 때 2시간 기준으로 한국어 진행은 000원부터, 영어 진행은 000원부터 받고 있습니다. 물론 최대한 예산에 맞춰 일하려고 노력하지만, 000원으로 확정된 상황이라면 저보다는 후배들에게 양보해야 하는 자리라는 생각이 듭니다. ^^ 절대적인 금액이 적은 것은 결코 아니지만, 업계의 기준이 있다 보니, 그 예산에 맞는 경력을 지닌 훌륭한 후배들이 기회를 얻는 것이 맞는 것 같아서요. 제가 일을 많이 하는 것도 중요하지만, 선후배가 각자 맞는 자리에서 최선을 다하고 서로의 기회를 응원해 주는 게 좋다고 생각합니다. 혹시 필요하시다면, 후배들을 몇 명 추천해 드릴 수 있으니 편하게 말씀해 주시고요. 다음 기회를 위해 제 프로필도 따로 하나 보내놓겠습니다. 다시 한번, 연락 주셔서 감사합니다."

이에 대한 답장이 어떻게 왔을까요? 마찬가지로 그대로 보여드리겠습니다.

"박세정 아나운서님, 바쁘실 텐데도 마음 담긴 회신 해주셔서 감사합니다. 꼭 모시고 싶었는데, 행사에 정해진 예산이 있어 어려울 것 같습니다. 보내주신 프로필 잘 소장하고 있다가 다음에 더 좋은 자리에 모시겠습니다. 더불어, 그럼 다른 분을 추천해주실 수 있을까요? 박세정 아나운서님께서 추천해주시는 분이라면 그만큼 훌륭하실 거라고 생각합니다. 회신 부탁드리겠습니다. 감사합니다."

결국 제가 추천한 후배 중 한 녕이 이 행사를 진행하게 되었고, 다행히 좋은 피드백을 받았습니다. 저는 이후에 예산에 맞는 행사를 제안받아 진행하면서 인연을 이어가게 되었고요. 제가 처음부터 정중하게 거절하지 않았다면, 그리고 상대방이 그 거절을 기분 나쁘게 받아들였다면 이렇게 긍정적인 결과를 맞이할 순 없었겠죠?

거절을 어려워하는 분들이 많다는 걸 알고 있습니다. 혹시 상대방의 기분이 상하진 않을까, 타인에게 피해를 주는 건 아닐까 하는 걱정 때문이죠. 하지만, 자신이 가장 잘 해낼 수 있는 일이 아니라면, 정중하게 거절하는 것이 오히려 피해를 줄이는 일이라 생각합니다. 정중하게, 동시에 확실하게 거절하면 보통 더 좋은 결과로 이어지더라고요.

여기서 팁은! 혹시 행사를 제안한 측이 너무 적은 진행료를 제시했다 해도 상대방의 의도를 과잉 해석해서 뾰족해질 필요는 없다는 것입니다. 이 뾰족함을 뺐을 때, 거절을 잘할 수 있습니다. 이 또한 마음의 여유를 가졌을 때 자연스럽게 해낼 수 있는 부분이겠네요.

Q 국제회의 영어 MC는 돈을 잘 번다던데?

A 영어 MC가 돈을 잘 버는 직업이 될 수 있다는 건 분명합니다. 하지만, 경력과 실력에 따라 진행료의 편차가 매우 크기도 하고, 섭외 횟수도 크게 달라지기 때문에 누구나 돈을 잘 번다고 말하기는 어렵습니다.

진행료는 기본적으로 MC의 경력과 실력에 따라 차등 지급됩니다. 또한, 행사의 규모와 예산 편성 상황에 따라 MC에게 책정되는 금액이 달라지는데, 이에 맞는 MC들이 후보로 올라가게 됩니다. 여기서 말하는 경력은 일한 방송국의 규모와 방송 진행 경력, 진행한 행사의 규모와 진행 횟수 정도로 정리할 수 있고, 이 외에 외모와 평판도 어느 정도의 영향을 끼칩니다.

공식 행사 진행료는 위클리 방송 진행료의 3-4배 정도부터 시작합니다. 영어 진행료는 한국어에 비해 최소 20% 높게 책정돼 있고요. 특히, 영어 MC는 실력과 경력, 평판이 뛰어날 때 한국어 공식 행사 평균 진행료의 3배 이상을 받을 수 있습니다.

최소 금액은 정해져 있지만, 최대 금액은 정해져 있다고 보기 어렵습니다. 정확한 금액을 말씀드릴 순 없지만, 섭외를 많이 받고 실력과 경력이 입증된 영어 MC는 1년에 몇억 원 이상도 벌 수 있습니다. 하지만, 이러한 경우는 극소수이고, 거꾸로 영어 MC가 직업이라 말할 수 없을 정도로 적은 금액을 벌기도 합니다. 안타깝게도 최근 최소 진행료가 지켜지지 않는 행사도 꽤 있는 게 사실이고요.

극단적인 경우를 제외한 보통의 경우가 가장 궁금하실 텐데요. 몇 번 해봤거나 한 달에 몇 번 하는 정도의 일을 직업이라 할 순 없겠죠? 이 일을 통해 생활을 영위할 수 있어야 직업이라 말할 수 있는데, 안정적인 직업으로써 영어 MC 일을 하는 사람들은 여유 있게 생활할 수 있을 정도의 경제력을 갖출 수 있습니다. 물론 기준이 다르긴 하지만, 일반적인 시각으로 봤을 때 말이죠.

앞서 언급한 '보통의 경우'가 늘어나게 하기 위해서는 업계 전체의 질 향상이 시급합니다. 현재, 아나운서나 전문 방송인이 아닌데 MC로 활동하고 있는 사람들이 있다 보니 실력이 기준 이하인 경우가 많고, 그들은 진행료도 평균보다 적게 받을 수밖에 없게 되죠. 결과적으로 시장가를 낮추게 됩니다.

실제로, 한국어 공식 행사 진행료가 위클리 방송 진행료보다 적은 경우까지 생겨나고 있어요. 이 흐름이 계속되다 보면 업계 전체가 피해를 입을 수 있습니다. 그래서 다른 직군의 사람들은 영어 MC 시장에 진입조차 하지 말아야 하는 것입니다. 또한, 특별한 경우를 제외하고는 자신의 경력에 맞게 책정된 진행료를 낮추지 말아야 하고, 예산이 상대적으로 적은 행사에서는 후배들에게 기회가 주어져야 합니다.

영어 MC는 프리랜서 아나운서가 활동하는 엄연한 전문 영역입니다. 프로 의식을 가진 사람이라면 당연히 실력으로 인정받는 것이 가장 명확한 방법입니다. 진행료는 프로의 실력을 공인하는 가장 객관적인 지표입니다.

Q 국제회의 중에 생긴 인상적인 에피소드는?

A 8년 전 국제 기후 변화 콘퍼런스를 진행했을 때였어요. 그날 기조연설을 맡은 분은 러시아에서 오신 연사였습니다. 국제회의 진행을 준비할 땐, 늘 주최 측과 대행사와 긴밀하게 소통하는데, 그날따라 연사의 이름이 회의 당일 리허설 때까지 확인되지 않았어요. 리허설 중간에 드디어 이름이 확인됐는데, 알파벳이었지만 도저히 읽을 수 없는 발음의 철자가 적혀 있었습니다.

보통 이런 경우엔 연사나 그 비서와 직접 대화를 해서 확인하는데, 그 연사는 리허설이 끝날 때까지 행사장에 도착하지 못했고 행사 관계자 중 그 누구도 확실한 발음을 알지 못했습니다. 번역기를 사용해봤지만 번역기 종류에 따라 전혀 다른 발음이 나왔죠. 행사 시작까지 10분도 남지 않았기에 등에 소름이 쫙 끼쳤습니다.

물론 저에게는 낯선 외국어니까 조금은 틀리게 발음해도 그분은 이해해 주셨을 거예요. 하지만, 저는 그 어떤 상황에서도 연사의 이름은 정확하게 호명해야 한다는 MC로서의 사명감이 있었습니다.

급한 대로 10개가 넘는 단체 메신저 방에 도와달라고 메시지를 보냈고, 동료 아나운서의 친오빠가 러시아에서 유학했다는 정보를 얻었죠. 그 동료는 급하게 오빠에게 부탁했고, 저는 행사 시작 2분 전에 녹음 파일을 받을 수 있었습니다.

도저히 읽을 수 없었던 철자의 정확한 발음은 바로 이것이었습니다.

　　"크ㄹ ㄹ르쥬슈슈토프 알레크라프흐"

저는 2분 동안 반복해서 연습하고, 자신 있게 연사를 소개했어요. 그분은 무대 위에 올라와서 이런 말을 했습니다. "세계 여러 곳을 다니는데, 제 이름을 제대로 발음해준 진행자는 처음이네요. 정말 고맙습니다. 이 MC에게 큰 박수를 보내주세요." 저는 엉겁결에 500명이 넘는 참석자분들에게 박수를 받았습니다. '주인 의식'을 갖고 진행을 했더니 그 순간만큼은 주인공이 된 겁니다.

국제회의 영어 MC로 일하다 보면, 비영어권 연사와 참가자들을 참 많이 만납니다. 특히 동유럽이나 동남아시아 국가 참가자들의 이름을 준비와 연습 없이 제대로 발음하는 건 쉽지 않죠. 그래서 미리 확인하고 철저하게 준비합니다. 국제 사회의 주요 이슈를 논의하기 위해, 멀리 한국까지 직접 와서 회의에 참여하는 분들의 이름을 정확하게 발음해서 호명하는 건 MC로서 그분들을 존중하는 아주 기본적인 방법이니까요.

저는 여기서 한 걸음 더 가는데요. 연사분들을 무대 위로 모실 때, 한 문장씩은 꼭 그분들의 모국어를 구사하는 겁니다. 예를 들어, 일본에서 오신 연사에게 발표를 시작해달라고 할 땐, "Floor is yours."라는 영어 문장 대신 "始めてください"라고 하고, 프랑스에서 오신 연사가 발표를 끝내면 "Thank you for sharing your insights with us." 대신 "Merci pour vos commentaires."라고 합니다. 행사의 진행자로서 그분들을 존중하는 마음을 표현하는 것이죠.

동시에, 그날만큼은 제가 한국인을 대표해서 그 자리에 서는 것이기 때문에, 한국인으로서 방문객들을 환영하는 마음도 표현할 수 있습니다.

얼마 전 행사장에서 만난 전 장관님께서 저에게 "박 아나운서는 5개국어 하잖아요."하고 말씀하셨던 게 기억나네요. 실제로 제가 5개 국어까지 구사하진 못하는데, 행사장에서 다양한 국가 출신의 연사들을 배려했던 모습이 이런 기분 좋은 오해를 불러일으켰나 봅니다. 제가 5개 국어는 못 한다고 말씀드렸는데도, 끝까지 믿지 않으시더라고요. 다음에는 7개 국어라고 해야겠습니다. (그래도 믿으시려나요?)

Q 국제회의 영어 MC로서 뿌듯했던 순간은?

A 10년에 한 번 있을법한 큰 규모의 국제회의를 진행할 때가 있습니다. 보통 규모가 큰 국제회의에는 세계 여러 국가에서 대통령이 올 때도 있고, 장관이 올 때도 있어요. 저는 UN 관련 회의도 자주 진행하니까 국제 사회의 주요 이슈 관련 결정권자들이 오는 경우도 많죠. 그 순간만큼은 제가 한국 대표로 MC 자리에 서 있는 것이기 때문에 엄청난 희열과 사명감을 동시에 느끼게 됩니다. 국제 사회의 일원으로서, 그들의 이야기를 현장에서 제일 먼저 듣고, 필요에 따라서는 진행자로서의 의견도 말할 수 있으니 정말 짜릿하죠.

특히 기억에 남는 회의는 UN 인권 포럼이었는데, UN 대사님께서 점심시간에 저에게 "MC가 연사만큼 내용을 깊이 알고 있어서 인상적이었습니다. 내년 회의 때도 함께 했으면 하는데, 유럽으로 출장을 올 수 있나요?" 하고 말씀하셨습니다.

그 순간 제가 국제회의 영어 MC라는 사실이 너무나 감사하고 행복했습니다. 그 대화 덕분에 다음 해에 실제로 유럽에 직접 가서 포럼을 진행할 수 있었고, 진행자로서의 시야가 넓어졌음을 느끼기도 했습니다.

반대로 규모가 정말 작은 행사에서 뿌듯함을 느낀 기억도 있습니다. 2022년, 스위스 취리히에서 한국인 이민자 여성들 20명과 함께 하는 포럼이 열렸는데요. 주제가 '국제 여성 인권 문제'라 제가 진행과 동시에 강연을 하게 되었습니다.

그런데 공식적인 순서가 끝난 후, 제가 그분들께 메이크업을 해드리게 되었어요. "오롯이 자신을 위해 하루 20분만 써보세요."라는 메시지와 함께, 자연스럽게 메이크업 시간이 시작된 거죠. 그날 포럼 자체는 1시간 안에 끝났는데 메이크업을 훨씬 오래 했더라고요. 현장에 계셨던 한 박사님께서, 제가 6시간 동안 메이크업을 했다는 사실을 짚어주셔서 깜짝 놀랐던 기억이 납니다.

신기하게도 저는 전혀 지치지 않았거든요. 저에게 메이크업을 받았던 여성분들은 저의 열정에 감동했다며 고맙다는 말을 반복하셨습니다. 하지만 저는 오히려 그분들에게 좋은 에너지를 얻어서 제가 더 감사했어요.

약 1년 후, 또 스위스로 국제회의를 진행하러 가게 되었는데, 그분들을 다시 뵙고 싶어서 뇌샤텔에서 모임을 열었습니다. 지난번에 뵈었던 분들이니까 더욱 반가웠고, 저는 몇몇 분에게 어울리는 옷을 한국에서 사 갔어요. 그중 한 분이 감동했다며 눈물을 흘리셨는데, 동대문에서 산 3만 원짜리 카디건으로 누군가에게 이렇게 행복한 순간을 선사할 수 있다는 사실에 너무나 기뻤습니다.

또 다른 한 분은 제게 직접 쓴 편지를 건네주시면서, "한국에서 온 유명인이 내 얼굴을 여기저기 살펴보며 어떻게 하면 더 예쁘게 꾸밀 수 있을까를 고민하는 모습에 감동했어요."라고 말씀하셨습니다. 국제 여성 인권 향상에 조금이라도 도움이 되고 싶다는 제 꿈에 한 발 더 다가간 소중한 경험이었어요. 제가 국제회의 영어 MC가 아니라면 경험할 수 없는 일이죠. 그때 느낀 뿌듯함을 기억하며, 앞으로도 이렇게 소중한 순간을 만들어보려고 노력하고 있습니다.

Q 영어 MC는 해외 출장을 자주 가는지?

A 상황에 따라, 사람에 따라 다르긴 한데, 저는 많이 가는 편입니다. 2023년 한해만 예로 들어 봐도, 1년 동안 베트남 하노이, 베트남 호치민, 프랑스 파리, 스위스 취리히, 뇌샤텔, 제네바에 갔으니까요. 감사하게도 한 번 진행을

한 후 재섭외를 받아서 매해 가고 있습니다.

국제기구 포럼을 위해 스위스에 처음 가게 된 후부터 매해 유럽 출장을 가고 있고, 세계 20개국 이상의 대표들이 모이는 블록체인 포럼에서는 벌써 10회 이상 진행을 해서 베트남, 싱가포르로 매해 출장을 가고 있습니다.

국제회의 영어 MC라는 직업의 장점 중 하나가 이런 게 아닌가 싶어요. 다양한 국가에 가서 일할 수 있고, 다양한 문화를 체험할 수 있으니까요. 또한, 한국을 대표해서 가는 자리이기 때문에 특별한 사명감도 느낍니다. 더 긴장되기도 하지만, 익숙하고 편한 일보다는 도전적인 일을 즐기는 저에게는 최고의 직업이라는 생각이 듭니다.

Q 전문분야의 국제회의 내용을 잘 파악하는 요령이 있다면?

A 아나운서 공채 시험을 준비할 때 지겨울 만큼 했던 신문 스크랩이 현직으로 일할 때도 도움이 되더라고요. 그때 칼럼과 사설을 하루에 2개씩 노트에 오려 붙여서 모르는 단어가 있으면 사전을 찾아 뜻을 쓰고, 기승전결로 내용을 나눠서 한 문장으로 요약해 적었거든요. 필기시험장에 스크랩북만 가져간 기억이 납니다.

공식 행사나 국제회의 대본을 받으면, 저는 그때 했던 것과 비슷한 작업을 해요. 우선 대본을 읽으며 흐름을 파악하고, 주체를 찾은 다음 세부 주제도 찾습니다. 이후에는 주최 측으로부터 받은 자료를 읽어보고 기승전결로 요약해서 내용을 따로 정리합니다.

정리한 후에는 관련 기사, 만약 필요하다면 논문도 찾아서 읽어보고요. 상대적으로 어려운 주제라면 관련 기사를 요약해서 나만의 노트에 정리합니다. MC로서 회의를 진행하러 가는 것이지만, 혹시나 애드리브를 길게 해야 할 때 무슨 얘기를 하면 좋을까 생각해서 준비도 합니다.

물론 내용을 써서 익히진 않습니다. 그렇게 하면 단편적으로 문장만 외우게 되거든요. 마치 학생 때, 제대로 공부했나 확인해보려고 엄마, 아빠에게 선생님이 되어 설명했던 것처럼 시뮬레이션을 해보는 겁니다. 필요한 경우에 한해서는 다양한 논조로 토론도 해보는데, 우리말로도 하고 영어로도 합니다.

이 과정이 처음엔 꽤 오래 걸렸는데요. 시간이 흐르면서 점점 금방 할 수 있게 되더라고요. 행사 내용을 파악하는 데 당연히 도움이 되고, 진행에는 엄청난 도움이 됩니다.

연사도 아니고 MC인데 뭐 그렇게까지 하느냐는 얘기를 들은 적이 있습니다. 하지만, 저는 자신이 하는 일에 어느 정도의 진정성을 갖고 얼마만큼 노력을 쏟는가에 따라 완성도가 크게 달라진다고 생각합니다.

특히 해외 출장을 많이 가보니 더욱 확신하게 되더라고요.

적어도 제가 가본 국가 중에는 대본을 또박또박 읽는 진행자는 아무도 없었습니다. 대한민국의 행사 업계가 진행자를 평가하는 기준이 상대적으로 너그러운 건 부정할 수 없는 사실입니다. 대본만 안 틀리고 잘 읽고, 중간에 침묵이 흐르지만 않게 채우면 큰 문제는 없으니까요.

하지만, 어디서든 이견 없이 실력을 인정받을 수 있는 기준에 맞춰 노력하는 게 진정한 프로의 모습이겠죠.

Q 국제학을 전공한 이유는?

Ⓐ 2017년 가을, 세계 25개국의 대표들이 모인 국제 포럼의 개회식을 야외에서 진행했어요. 그런데 바람이 세게 불어서 대본이 한순간에 다 날아가 버렸습니다. 순간 엄청나게 당황했죠. 하지만, 워낙 대본 숙지를 완벽에 가깝게 했고, 국제회의 진행도 많이 해봤던 터라 능숙하게 넘어갔습니다. 다행히 대행사도, 주최 측도 전혀 눈치채지 못했고 피드백도 좋았죠.

그날 행사가 끝난 후, '역시 난 어떠한 상황에서도 진행을 잘해!'라고 생각하며 신나게 집에 갔을까요? 전혀 아닙니다. 저는 저 자신이 매우 싫다는 기분을 그때 처음 느껴본 것 같습니다.

진지하게 저 자신을 돌아보니, 회의 주제에 대해 피상적으로만 알고 대본만 잘 숙지한 게 아닌가 하는 생각이 드는 거예요. 국제 사회의 중요한 이슈에 대해 각국의 대표들이 모여서 논의하는 자리인데, 그 주제에 대해 깊이 알지도 못하고 대본만 파악해서 진행하는 게 MC로서 과연 맞는 건가? 싶었습니다.

MC 박세정에 대해, 진행은 잘했어도 진정성이 부족하다는 평가를 스스로 하게 된 거죠. 그때 결심했습니다. 국제학을 제대로 공부해서, 연사만큼 전문성을 지닌 MC가 되기로요. 그래서 다음 해에 바로, 국제학 대학원에 입학했습니다.

일하면서 석사 공부를 하려니 너무 힘들었습니다. 게다가 전문 대학원이라 수업은 아침 9시부터 저녁 6시까지 진행되고, 다른 학생들은 학업에만 집중하고 있었죠. 입학 전에는 이런 상황을 자세히 몰랐고, 국내에서 국제학으로 가장 유명하고 점수가 높은 대학원에 무조건 지원했어요. 공부를 제대로 하고 싶었거든요. 그런데 다녀보니, 물리적으로 학업과 일을 같이 한다는 건 거의 불가능에 가까웠습니다. 게다가 동기들의 나이도 완전 조카뻘이었죠. 저는 30대 중후반인데 동기들은 20대 초반이었으니까요. 심지어 100% 영어로 토론하고 영어로 논문을 읽고 쓰니 더 힘들었습니다.

아무리 영어가 능숙한 사람이라 할지라도 모국어로 공부하는 것과는 분명히 달랐거든요. 게다가, 동기 중 80%가 외국인이다 보니, 국제학의 기본인 2차 세계대전이 그들에겐 자신의 역사였습니다. 저는 책으로 외우며 공부했는데, 토론을 해보니 너무 부족하다는 생각이 들었죠. 저의 한계를 여러 가지 면에서 체감한 시간이었습니다. 제가 그 상황에서 할 수 있는 건 이를 악물고 공부하는 것뿐이었습니다.

녹록지 않은 과정을 겪으며, 저는 '아는 만큼 보인다.'라는 말을 실감하게 되었습니다. 깊게 알게 되니 더 마음이 가고 사명감도 생기더라고요. 저는 국제관계학 중에서 국제법과 인권, 국제기구를 세부 전공으로 연구했는데, 이후 외신 기사를 분석하고 국제회의를 진행할 때마다 각각의 주제를 다른 시각으로 보게 되었습니다. 영어 MC로 일하는데 실질적으로 너무나 큰 도움이 되고 있어요. 특히 UN 포함 국제기구 관련 회의 진행은 그 누구보다 잘할 수 있다는 자신감이 있습니다.

연사들의 발표를 제대로 이해할 수 있고, 같이 고민할 수 있고, 질 좋은 멘트도 할 수 있으니까요. 이 경험을 통해, 저는 공부의 힘을 다시 한번 깨달았고, 40대에 접어든 현재, 한 단계 더 깊고 단단한 전문성을 키우기 위해 박사 공부를 준비하고 있습니다.

Q MC인데 통역 의뢰를 받으면?

A 결론부터 말씀드리면, 간단한 순차 통역은 할 수 있어야 합니다. MC로서 현장에서 통역을 해야 하는 경우도 종종 있고요.

외교부가 주관하는 국제회의에 한/영 MC로 섭외 받아 간 적이 있습니다. 캐나다에서 연사가 오셨는데, 기조연설은 통역사들이 동시통역을 하기로 되어있었습니다.

그런데 그 연사께서 예정에 없던 축사를 하게 되었죠. 물론 축사도 동시통역으로 진행하면 수월하겠지만, 개회식 앞쪽에 순서가 배치되었고, 참가자들이 개회식에서는 통역 수신기를 착용하지 않는 분위기였습니다.

개회식이 끝난 후 포럼 순서부터 동시통역 서비스가 제공되기로 계획되어 있었고, 그래서 저도 MC로서 한국어와 영어를 순차적으로 사용해 진행하는 상황이었으니까요. 외교부 측에서 저에게 축사 순차 통역이 가능한지 물어보셨고, 저는 당연히 가능하다고 말씀드린 후 캐나다 연사의 영어 축사를 우리말로 통역했습니다.

축사나 개회사는 연사와 관객이 직접 소통하는 분위기에서 진행되기 때문에, 관객들이 통역 수신기를 착용하는 것보다 무대 위에서 MC가 순차 통역을 할 때 훨씬 자연스러운 경우가 꽤 있습니다.

축사나 개회사는 대부분 10분 이내로 짧고, 주제와 관련된 내용이긴 하지만 전문적인 내용이 많이 포함되어 있지 않기도 합니다. 영어 MC로서 이 정도 순차 통역은 할 수 있을 정도의 영어 실력을 갖춰야 하고, 행사의 매끄러운 흐름을 위해 할 수 있다는 마음가짐도 가져야 한다고 생각합니다.

예상치 못한 상황이 자주 발생하는 행사 현장에서, '나는 MC이지 통역사가 아니기 때문에, 통역은 절대 할 수 없다.'라고 생각하는 것은 MC로서 권리를 찾는 게 아니라, 프로 의식이 부족한 것입니다. 진행자로서 사명감과 책임감을 지녔다면, 이런 생각을 할 수는 없을 거라고 봅니다.

하지만, 반대의 경우도 있습니다. 고급 수입차 브랜드의 행사를 영어로 진행한 적이 있습니다. 이탈리아에서 온 업체 대표가 신차를 소개하고, 국내 기자들의 질문에 답하는 형식의 행사였습니다. 저는 1부 개회식 진행을 맡았고, 2부 기자 간담회는 약 50명의 기자들을 초대해 1시간 정도 진행할 예정이었는데요.

주최 측에서 저에게 2부 기자 간담회의 통역까지 맡아서 해달라고 요청하셨습니다. 통역사를 섭외하는 대신, 저에게 통역 비용을 주신다고 하셨죠. 보통 아나운서의 요율이 통역사의 요율보다 더 높으니, 더 큰 비용을 책정해 주신다고까지 말씀하셨습니다. 쉽게 말해 제가 1부와 2부를 다 진행하면, 돈을 더 많이 버는 겁니다.

신차 발표회이니 브랜드에서 제공한 자료를 바탕으로 질문을 예상할 수도 있고, 복잡한 기술과 관련된 질문은 없을 것이라는 안내도 받았습니다. 동시통역이라면 기술이 없어서 할 수 없겠지만, 순차 통역이니 제가 충분히 할 수 있는 일이었죠. 한마디로, 제가 큰 어려움 없이 돈을 더 벌 수 있는 기회였던 겁니다. 하지만 저는 거절했습니다. 이 일은 전문 통역사가 해야 하는 영역이니까요.

물론 저는 통역사가 아니니, 아무리 영어를 잘한다고 해도 통역은 통역사보다 못하는 게 당연합니다. 하지만 만약, 통역을 매우 잘한다고 가정해도 이 일은 제가 할 영역이 아닙니다. 지켜야 할 '상도덕'이 있는 것이죠.

저는 관계자에게 전문성과 상도덕에 대해 말씀드렸고, 결국은 2부 기자 간담회를 맡을 통역사가 섭외됐습니다. 그날 저와 그분은 MC와 통역사로서 각자의 영역에서 전문성을 발휘하며 협력해서 행사를 잘 마무리했습니다.

행사 현장에서는 예상치 못한 상황이 자주 벌어집니다. 따라서, MC가 순차 통역을 해야 한다면 당연히 해야 하고 잘할 수 있어야 합니다. 하지만, 통역사가 섭외되어야 하는 영역까지 MC가 침범해선 안 됩니다. 통역사가 영어 MC로 일해선 안 되는 것과 같은 이치이죠. 앞서 여러 번 강조한 정당한 자격과 실력, 상도덕에 관한 기준이 이 부분에서도 적용된다고 보시면 될 듯합니다.

A MC가 대본을 직접 쓰는 일은 없습니다. 하지만, 거의 직접 쓰는 것처럼 느껴지는 행사가 있긴 합니다.

행사의 주 언어가 영어인 경우, 보통 한국어 대본이 먼저 오는데, 행사 메커니즘을 잘 모르는 대행사가 대본 작업을 맡으면 중간중간 '구멍'이 참 많습니다. 예를 들어, 장관님이 축사를 하고, 그 후에 바로 이어지는 시상식에서 시상을 맡은 상황이라고 가정해 봅시다.

이때 장관님을 무대에 머물게 할 것인지, 아니면 원래 자리로 내려가게 유도했다가 다시 무대 위로 모실 것인지를 확실히 정해야 진행자의 멘트도 상황에 맞게 정리할 수 있고, 포디움 동선과 상장, 상패 위치까지 정해집니다. 그런데 이렇게 자세한 상황 파악이 안 된 상태에서 대본이 오는 경우가 꽤 많아요. 그럼 MC인 제가 받아서 하나하나 확인하고 수정해야 하죠.

그 단계를 거친 후에는 한국어 수정본을 바탕으로 영어 번역본이 오는데, 번역이 엉망인 경우가 생각보다 매우 많습니다. 전문 번역가들이 정당한 비용을 받고 번역을 제대로 할 거라고 믿고 있지만, 현실 세계에선 그렇지 않은 경우가 분명히 있을 것이라 예상해요.

기본 문법이 틀리는 경우도 생각보다 많고, 문법에는 문제가 없더라도 평소 우리가 말할 때 쓰지 않는 문어체로 온다든지, 국제회의에서 쓰지 않는 격에 안 맞는 어투로 오는 경우도 많습니다.

회의 주제에 대해 잘 모르는 번역가가 대본을 번역해서 적절하지 않은 용어를 쓰는 경우는 정말 많습니다. 이런 부분은 제가 직접 수정해서 보냅니다. 최대한 번역가를 존중하는 선에서, 하지만 단호하게 수정해서 보내죠. 어쨌든 이 행사에서 최종 전달자는 MC니까요. 이 과정이 매우 힘듭니다. 번역본이 하루 전에 올 때도 있고, 수정해야 할 부분이 많을 때도 있기 때문입니다.

물론 국제회의를 진행할 때 대본을 보고 그대로 읽지 않습니다. 대본 내용은 이미 완벽하게 숙지하고, 필요한 부분은 외우고, 입에 맞게 수정해서 진행하죠. 그런데 그렇기 때문에, 더욱 대본이 완벽해야 합니다. 그래야 제대로 준비할 수 있으니까요.

영어 MC의 역량이 뛰어나면 이런 과정에서 일 처리 속도가 빨라 협업이 수월하고, 결국 국제회의의 질이 높아집니다. 그래서 역량을 인정받은 MC가 돈도 더 많이 받고 섭외도 많이 받는 것입니다.

A 대본 번역이 늦게 오고 심지어 엉망으로 올 때 가장 스트레스를 받습니다. 최종 번역본이 바로 전날 올 때도 있고, 심지어 당일 아침에 올 때도 있거든요. 이럴 땐 정말 힘들어요.

대본 내용을 숙지하고 완벽하게 파악하려면 물리적인 시간을 투자해야 하는데 그럴 수 없기 때문이죠. 아무리 대행사나 번역가, 주최 측의 실수로 그런 일이 벌어졌다 해도 최종 책임자는 MC입니다. 제 입을 통해 내용이 전달되니까요.

끝까지 긴장을 늦출 수 없습니다. 차라리 제가 처음부터 대본을 쓰고 번역하면 편할 것 같지만 그럴 수도 없죠. 다들 각자의 위치에서 최선을 다하고 있는데도 이런 일이 일어나는 거라 누구를 원망할 수도 없습니다. 그래서 이럴 땐, 마인드 컨트롤을 하는 게 중요합니다. 제 마음이 좋지 않으면 최상의 컨디션으로 행사를 진행할 수 없으니까요.

실제로 약 2년 전에 있었던 일입니다. 18개국 장관들이 모이는 규모가 매우 큰 국제회의였어요. 참가자가 500명 이상이고 예산도 컸죠. 아침부터 저녁까지 진행되는 회의였고, 주제는 식량 불안정(food insecurity)이었습니다. 엄청난 공부와 준비가 필요한 내용이었죠.

그런데 행사 전날 밤 11시, 리허설 현장에서 행사의 주 언어가 영어에서 한국어로 바뀐 겁니다. 제가 직접 영어 번역본도 다 수정하고 대본 내용도 외우고 용어 공부까지 마친 상태였는데 행사 몇 시간 전에 진행 언어 자체가 바뀌다니, 어이없고 억울하기도 했습니다.

다음 날 아침 9시 행사라 7시에 최종 리허설을 하는데, 전날 밤 11시에 이런 일이 벌어지다니요. 다행히 행사가 진행되는 호텔에서 숙박을 예약해놔서 최악의 상황은 면했지만, 번역 전 한국어 대본도 수정이 불가피한 상황이었습니다.

공문서 내용이 그대로 복사, 붙여 넣기 되어 있는 상황이라 진행용 대본이라고 보기 힘들었거든요. 제가 그때 할 수 있는 최선은 현장에서 스태프의 노트북을 빌려, 직접 내용을 수정하는 것이었습니다.

살면서 그때만큼 집중한 적이 있었나 싶어요. 다행히 1시간 안에 한국어 대본 수정을 마무리했습니다. 이후, 자정부터 리허설이 시작돼 새벽 1시에 끝났죠. 호텔 방으로 올라가서 씻으니 1시 30분. 다음 날 아침 5시 30분에 메이크업 선생님이 오시기 때문에 바로 자면, 4시간을 잘 수 있는 상황이었습니다.

바로 잘 수 있었을까요? 아니었습니다. 대본 내용은 이미 공부해서 파악하고 있었지만, 진행 언어가 바뀌었기 때문에 최종 수정본을 바탕으로 멘트를 익히고 연습해야 했어요. 결국, 새벽 2시 30분까지 열심히 준비하고 딱 3시간 동안 잔 다음, 행사를 종일 진행했습니다.

물론 대본이 늦게 와도 이 정도 연차가 되면 잘 아는 척 깔끔하게 진행할 수 있습니다. 하지만 물리적인 시간과 에너지를 들이지 않으면, 아무리 유능한 MC라 해도 100점짜리 결과를 낼 순 없겠죠. 제가 90점 정도에 만족할 수 있다면 스트레스를 안 받겠는데, 그런 성향이 아니다 보니 힘든 게 사실입니다.

그래서 제가 찾은 해결 방법은 평소에 공부를 더 하는 겁니다. 번역 공부, 발음 연습, 다양한 회의의 주제가 되는 국제 이슈 공부까지. 평소에 저는 외신 분석을 하니까 기사도 많이 읽고 궁금한 주제가 있으면 논문도 읽어둡니다.

평일에는 거의 매일 방송과 행사를 하느라 너무 바쁘지만, 주말에는 시간이 나니까 최대한 시간을 알차게 활용하려고 노력합니다. 또한, 매해 1, 2월은 상대적으로 일정이 적어요. 그래서 그때 집중적으로 내공을 쌓는 시간을 갖습니다. 이렇게 극한 상황이 왔을 때 대처가 가능하도록 체력 관리도 평소에 열심히 하고 있습니다.

이 외에도 국제회의 영어 MC로 일하면서 겪는 여러 가지 어려움이 있습니다. 기분이 상할 때도 있고, 억울할 때도 있고, 함께 일하는 사람들에게 불만을 품게 될 때도 있습니다. 저는 특히, 1년에 150회 정도 공식 행사와 국제회의를 진행하다 보니, 체력의 한계를 느낄 때도 있어요. 하지만, 분명한 건 제가 제 직업을 사랑하는 만큼 이 고통을 견뎌낼 힘이 솟아난다는 것입니다. 하고 싶은 일을 하면서 경제적인 생산성을 지닐 수 있다는 게 얼마나 행복한 일인지, 그리고 제가 이 직업을 갖기 위해 10대 때부터 얼마나 많은 고민과 노력을 했는지를 돌아보면, 일하면서 받는 스트레스도 그저 감사합니다.

Q 국제회의 진행은 보통 MC 1명인지, 여러 명이 같이 할 때는?

A 대부분의 국제회의는 아나운서 한 명이 혼자 진행합니다. 상황에 따라 2 MC가 함께 진행할 때도 있고, 가끔은 3명 이상의 MC가 무대에 설 때도 있어요. 보통 2 MC는 남녀가 한국어와 영어를 나눠서 진행하는 경우가 많고요. 3명 이상이 MC의 자리에 설 땐, 3개국을 대표하는 진행자가 필요하거나, 행사 중간중간 관객들에게 즐거움을 선사할 연예인이 필요한 경우가 많습니다.

2명 이상의 MC가 진행을 함께 하면 대본도 덜 외우고 편하겠다고 생각하실 수 있겠는데요. 사실은 혼자 하는 것보다 훨씬 어렵습니다. 여러 악기를 다루는 뮤지션들의 앙상블 연주를 떠올려보시면 이해가 쉬울 거예요. 서로 호흡도 잘 맞아야 하고, 실력도 어느 정도 비슷해야 좋겠죠. 한쪽이 너무 잘하거나 못하면 균형이 안 맞고, 한 사람이 고생해서 이끌어가야 하니까요.

누군가와 함께 국제회의를 진행할 때 제일 중요한 건 배려

입니다. 상대방의 이야기를 잘 듣고, 내용이 이어지게 자
연스러운 멘트를 첨가하고, 상대방이 실수해도 내가 안아
줄 수 있는 여유와 배려가 필요한 것이죠.

Q 국제회의 영어 MC의 전망은?

A 영어 MC 업계의 미래는 매우 밝다고 생각합니다. 국제
사회에서 이슈로 떠오른 문제들도 많고, 우리나라 MICE 산
업의 발전으로 국내에서 진행되는 국제회의도 점점 많아지
고 있기 때문이죠. 그리고 영어라는 언어를 사용해 행사를
진행한다는 것은 엄청난 장점이 될 수 있습니다.

코로나 19로 세계 경제가 위기를 맞았을 때, 국내 방송계
도 타격이 컸습니다. 특히 공식 행사 시장은 거의 사라지
다시피 했죠. 사람이 모일 수 없으니, 당연히 포럼도, 회의
도 열릴 수조차 없었던 겁니다. 그래서 아나운서들 대부분
이 경제적인 어려움을 겪었습니다. 프리랜서인데 행사가
사라지니 일이 없어지고, 일이 없어지니 돈을 못 벌게 되
는 건 당연한 흐름이니까요.

그런데 저는 그때부터 일이 더 많아졌습니다. 왜일까요?
국제회의도 코로나 위기가 시작됐던 초반에는 많이 취소
됐는데요. 그래도 세계 각국 대표들이 참가하는 회의라 온

라인으로 개최하는 것이 가능했고, 베테랑 아나운서 소수
에게 일이 몰렸던 겁니다. 온라인 행사는 기술적인 오류를
포함해 예상치 못한 상황이 벌어질 가능성이 크니까, 안정
적인 실력을 지닌 진행자가 필요했던 것이죠.

덕분에 저를 포함한 소수의 영어 MC에게 중요한 행사가
몰리게 됐던 겁니다. 실력을 인정받으면 시장 상황이 좋지
않아도 쓰임 받을 수 있다는 사실을 이때 깨달았습니다.

앞으로도 '제대로' 하는 사람에겐 더 많은 기회가 주어질
겁니다. 단, 시장 수준이 낮아지고 있다는 평가가 많으니
진입 선을 제대로 지킬 필요가 있겠죠. 정당한 자격과 이
견 없는 실력을 지닌 후배들이 업계의 수준을 다시 올려줄
수 있기를 소망합니다. 제가 몇 년이라도 먼저 해온 사람
으로서 그런 후배들을 적극적으로 돕고 싶고요.

Special Page

잘 알려지지지 않은 진행자의 일상

A N N O U N C E R

Q 스토킹이나 과도한 접근 같은 곤란한 상황을 겪을 때 대처요령은?

A 곤란했던 경우도 물론 있었지만, 연예인처럼 사생활이 노출될 위험은 상대적으로 적어서 다행이라 생각합니다. 한국경제TV에서 매일 저녁 생방송 경제 프로그램을 진행할 때였어요. 7시 방송이라 보통 4시 반 정도까지 방송국에 갔는데, 입구에서 한 남성분이 저에게 다가와 사인을 해달라고 하셨어요.

저는 연예인도 아니고 유명인도 아닌데 사인을 한다는 것 자체가 매우 어색했지만, 그래도 요청하시니 해드렸죠. 그런데 방송이 끝나고 회의까지 마친 밤 9시, 낮에 마주쳤던 그분이 같은 자리에서 기다리고 계셨어요. 공격적이라 느껴질 만큼 빠르게, 너무 가까이 다가와 사인을 또 해달라고 하셨죠. 순간 극심한 공포를 느꼈습니다.

다행히 옆에 계셨던 작가님께서 저를 대피시켜 주셔서 그날은 아무 일이 없었는데, 그 남성분은 평균적으로 주 3일 정도 계속 방송국 입구에 와서 제 이름을 크게 불렀습니다. 몇 개월 동안 피해 다니느라 고생했던 기억이 있어요.

YTN dmb에서 영어 뉴스를 진행할 땐, 혼자 살던 오피스텔 주차장에서 무서운 남성을 만났던 적도 있습니다. 차에 전화번호를 공개해뒀는데, 주차 문제로 한 번 전화를 한 이후로, 그 남성은 계속 전화를 하고 문자 메시지를 보냈어요.

문자 내용은 대부분 "박세정 아나운서님, 제가 차를 닦아 두었습니다." 또는 "세정 씨, 집 앞에 간식 사다 뒀어요." "우리 내일 저녁 같이 먹어요." 같은 거였는데, 제 차를 만진 것도, 집 호수를 알고 있다는 것도 공포였죠.

제가 아무런 대응도 하지 않으니, 방송국으로 전화해 저를 바꿔 달라고 한 적도 있습니다. 결국, 저는 전세 계약이 끝나기 전에 다른 오피스텔로 이사를 해야 했습니다. 더 이상의 사건이 발생하지 않아서 다행이었지만, 스토킹을 직접 당해보니 정말 무섭더라고요. 관련법이 하루 빨리 현실적으로 바뀌었으면 좋겠다는 생각을 하게 됐습니다.

직업 특성상 낯선 사람들을 많이 만납니다. 스튜디오에서 몇 분 만에 상대와 교감을 해야 할 때도 있고, 방송국 밖에서 저를 일방적으로 알고 계신 분들을 만날 때도 많죠. 심지어, 거리에서 절 알아보시는 분들도 점점 늘어나고 있고요. 대부분 따뜻한 시선으로 봐주시는 좋은 분들이지만, 선을 넘는 소수가 존재하기도 합니다. 그래서 낯선 분들과 마주할 때, 반가움과 두려움을 동시에 느끼는 게 솔직한 심정입니다. 하지만, 다행히도 지금까진 감사한 인연이 훨씬 많았습니다. 방송국에서, 행사장에서, 그리고 전혀 예상치 못한 곳에서 만난, 낯설지만 친숙했던 모든 분에게 고마움을 전합니다.

Q 건강관리와 스트레스 해소법?

A 저의 건강관리 키워드는 잠, 남편, 폴 댄스입니다. 저는 일주일에 하루는 무조건, 아무런 일정 없이 쉬기만 하는 시간으로 활용합니다. 집 밖에 나가지 않고 종일 먹고 자고를 반복하는 거예요. 이날엔 책도, 신문도, TV조차 보지 않습니다. 아무런 input 없이, 뇌와 신체를 쉬게 하는 겁니다.

가능하면, 청소도, 요리도 하지 않습니다. 평소 제 취미이자 특기가 청소이기 때문에, 하루 정도는 쉬어도 집은 깨

끗하게 유지되더라고요. 일주일 내내 열심히 일한 저 자신에게 주는 보상 같은 거예요. 아무런 죄책감 없이 마음껏 게을러지는 거죠.

주 1회, 죄책감 없는 게으름이 가능한 건 남편 덕분입니다. 저희 남편도 전문직에 종사하고 있고 매우 바쁜데도 이날에는 제가 마음껏 방전될 수 있게 도와주기 때문입니다. 평소에도 워낙 집안일과 요리를 주도적으로 하는 사람이라, 제가 이렇게 바쁘게 사회생활을 하면서도 가정의 시스템이 매우 잘 돌아간다고 생각하게 되거든요.

특히 제가 방전되는 날에는 남편이 모든 걸 다 해주기 때문에 저는 아무런 부담 없이 에너지를 충전할 수 있습니다. 인간 박세정을 넘어 아나운서 박세정을 존중하고 인정해주는 남편 덕분에, 스트레스를 받아도 쌓이기 전에 해소되는 것 같아요. 매일 밤 침대에서 남편과 수다를 떠는데, 이 시간도 제 건강관리에 정말 큰 힘이 됩니다.

마지막으로, 운동을 싫어하는 제가 유일하게 즐기는 운동이 폴 댄스인데요. 운동을 워낙 못해서 평생 단 한 번도 운동이 재미있었던 적이 없는데, 3년 전 처음 만난 폴 댄스는 달랐습니다. 처음으로 운동 중에도, 운동 후에도 즐겁다는 생각이 들었거든요. 그래서 시간을 내서 주기적으로 폴 댄스를 하고 있습니다. 근력 향상에 도움이 되는 운동이라 특히 체력을 키우는데도 긍정적인 영향을 주는 것 같아요.

A 말 그대로 상처를 계속 받다 보니 무뎌진 마음이죠. 저는 어릴 때 바이올린을 했거든요. 처음엔 손가락에 물집이 생기고 심해지면 터지더라고요. 너무 아팠죠. 그런데, 그럼에도 불구하고 계속 하니까 굳은살이 생겨서 안 아프고, 나중엔 그게 손의 일부가 되더라고요.

마음의 굳은살도 그런 개념이라 말할 수 있을 것 같아요. 아나운서 일을 케이블TV에서 시작하다 보니 불안한 마음이 늘 깔려있었고, 갑자기 근거 없이 해고당하는 일도 꽤 있었습니다. 처음엔 억울하고 화도 나고, 미래가 막막해서 우울해지기도 했죠. 하지만, 나중엔 그 고통을 견뎌낼 수 있는 힘이 생겼습니다.

아나운서로서의 첫 직장은 규모가 꽤 큰 수도권 라디오 방송국이었어요. 대학교 4학년 2학기 때 공채에 합격했는데, 아나운서 시험을 준비한 지 석 달 만에 얻은 결과였습니다. 주변에서는 저에 대해 '엄청난 경쟁을 뚫고 석 달 만에 아나운서 공채에 붙은 성공 사례'로 얘기하곤 했죠. 저는 그렇게 꿈꾸던 아나운서 명함을 받았다는 사실 자체에 행복해하며 거의 매일 야근을 했습니다. 혼자 취재하고 원고를 작성해서 녹음하고 편집까지 해야 했기에 하루가 부족했죠. 당시 제 월급이 120만 원이었거든요. 제 친구들은 대기업에 들어가 제 월급의 세 배를 받는데도, 저는 아무 불만이 없었습니다. '00 방송국 아나운서 박세정'이라는 직함을 얻었으니까요. 그렇게 열정을 다해 일하던 어느 금요일, 그동안 무리를 했는지 아침에 급성 장염으로 응급실에 실려 가게 됐어요. 당연히 출근을 못 했고, 제가 응급처치를 받는 동안 엄마가 먼저 차장님께 전화를 드렸습니다. 약 두 시간 후, 제가 정신을 차리고 차장님께 다시 전화를 드려 상황을 설명하고 죄송하다고 말씀드렸습니다. 차장님은 건강이 우선이라며, 푹 쉬고 월요일에 보자고 하셨죠. 감사한 마음을 품고 주말 동안 푹 쉰 다음, 월요일에 평소보다 일찍 출근했어요.

매주 월요일은 전체 회의가 있는 날이라 50명 이상의 직원들이 회의실에 모였습니다. 그런데 갑자기 금요일에 저와 통화했던 차장님께서 "박세정 일어나!" 하시더니 소리를 지르시는 거예요. 대뜸 "우리 방송국 개국 이래, 무단결근은 네가 처음이야! 넌 방송인의 자격이 없어!" 하시는 겁니다. 저희 엄마와도 직접 통화를 하시고, 저와도 통화하신 바로 그분이요. 저는 너무 놀랐지만, 차분하게 말했어요. "차장님께 제가 직접 전화 드려 상황을 말씀드렸고, 차장님께서 건강이 우선이라며 푹 쉬고 월요일에 출근하라고 하셨잖아요. 저는 무단결근을 한 적이 없습니다." 하지만 차장님은 계속 같은 주장을 이어갔습니다. 전체 회의가 끝난 후, 다른 부서 PD님과 감독님을 포함한 많은 분이 저를 보시며, "그래도 연락은 하고 결근하지 그랬어요." 하시는데, 정말 억울하더라고요. 그날의 기억을 떠올리며 1년 이상 악몽을 꿨을 정도입니다.

회의가 끝난 후 차장님은 저를 다시 부르시더니 "신입 사원 기강을 잡는 모습을 보여줘야 회사 분위기가 잡혀서 그런 거니까 너무 걱정하지마."라고 말씀하셨습니다. 저는 왜 신입 사원 기강을 거짓말로 잡아야 하는지 이해할 수 없었고, 제가 무단결근을 한 사원으로 오해받는 게 억울하다고 말씀드렸지만, 대화가 이어지지 않았어요.

그날 억울한 상태로 방송을 하고 퇴근해서 집에 도착한 저녁 9시, 차장님께 전화가 왔습니다. "세정아, 사장님이 내일부터 나오지 말래." 저는 그렇게 억울한 누명을 쓰고, 입사한 지 두 달 만에 해고당했습니다. 그때 제가 할 수 있는 건 아무것도 없었어요. 선배 PD에게, 법적으로 문제를 제기할 경우 제 방송 인생이 끝날 수도 있다는 협박을 받았기 때문에 공포를 느꼈고, 저는 당시 아나운서 공채에 붙은 지 두 달밖에 안 된 25살 사회 초년생이었으니까요. 그때 다짐했습니다. 반드시 이 억울함을 풀어내리라. 그리고, 당신보다 내가 더 오래 방송계에서 살아남으리라.

이 이야기를 대중에게 공개한 건 이번이 처음입니다. 아나운서는 누군가의 이야기를 듣는 직업이다 보니, 제 얘기를 할 수 있을 때가 많지는 않으니까요. 물론 당시 회의실에 있었던 약 50명의 직원들은 여전히 제가 무단결근을 했다고 오해하고 있을지도 모릅니다. 하지만 지금은 더 이상 그때처럼 억울하진 않습니다. 지난 18년 동안 한 달도 쉬지 않고 방송을 해오면서, 단 한 번도 방송에 예고 없이 빠지거나 지각한 적이 없었기 때문이죠. 동료와 선후배들이 바라보는 지금 저의 모습이 그때의 억울함을 풀어줬다고 생각합니다.

채용 과정에서 괴로움을 겪었던 적도 있어요. 한 지상파 서울 본사의 공채 시험을 봤을 때였는데, 3차 직무 능력 평가 때 같이 면접장에 들어갔던 지원자 중에 기억에 남는 지원자가 있었어요. 심사위원들이 시사 관련 질문을 여러 개 하셨는데, 단 한 문제도 제대로 답변을 못 한 지원자였거든요. 마음속으로 '적어도 내가 저 사람은 이겼다.'하고 생각했을 정도였죠. 그런데 방송국 홈페이지에 공개된 최종 합격자 명단에 그 사람의 이름과 수험번호가 적혀 있는 걸 보게 됐습니다. 그때 저는 엄청난 배신감을 느꼈어요. 이 사회가 공정하지 못하다는 생각을 했고, 이렇게 정정당당하지 않은 채용 과정을 믿고 도전하는 것이 과연 맞는 일인가 의문을 품었습니다. 하지만 시간이 흐르면서 마음의 굳은살이 생겼고, 여유를 찾게 되었죠.

살다 보면, 공정하지 않은 과정과 결과를 마주할 때가 있습니다. 특히 아나운서처럼 경쟁이 심하고 진입 장벽이 높은 직군에서는 이런 일이 더 많이 일어날 수 있어요. 주변에서는 "어차피 연줄로 붙는 거다." "최종 합격자는 이미 정해져 있다." "뛰어나게 예쁘면 뉴스 못해도 합격한다." 같은 얘기를 많이 하기도 했어요. 하지만 저는 이렇게 생각했습니다. '그래. 연줄로 붙는 합격자도 있을 수 있고, 실력이 부족한 사람이 붙을 수도 있어. 하지만, 내가 그 모든 걸 뛰어넘을 만큼 실력을 키우면, 분명히 내 자리도 있다.' 지나고 보니 제 생각이 맞았습니다. 아나운서 공채는 보통 1등만 합격할 수 있는 시험이지만 2등, 3등에게도 언젠가는 기회가 오더군요. 그리고 얼마나 오랜 시간 동안 꾸준히 실력과 사명감을 지켜가느냐에 따라 미래는 달라집니다. 먼저 앞서갔다고 해서, 계속 그 자리를 지킬 수 있는 것도 아니고, 처음에 뒤처졌다고 해서 늘 그 자리에 머무는 것도 아닙니다.

저도 아직 성공했다고 말할 수 없어요. 성공이라는 개념의 기준이 주관적이기도 하고, 저는 제 전체 방송 인생에서 이제 반 정도 왔다고 생각하니까요. 앞으로 어떠한 미래를 맞이할지 확신할 순 없습니다. 하지만, 어떤 마음가짐으로 어떤 방향으로 전진해야 할지는 확실히 알고 있습니다. 그리고 이 방향이 맞다는 걸 제가 직접 입증하고 싶다는 소망을 품고 있습니다.

마음의 굳은살 얘기로 다시 돌아갈게요. 이 굳은살은 반복되는 상처에 무뎌진 마음을 의미하는 부분도 분명히 있지만, 그렇다고 '그럼 그렇지.' 하고 포기해 버리는 마음은 아니라는 걸 강조하고 싶습니다. 우리가 목표하던 무언가를 이루지 못하고 실패했을 때 인생이 끝난 것처럼 느껴지지만 사실은 그렇지 않죠. 방송인으로서 일하면서 절대로 받아들일 수 없는 일을 겪었을 때, 이 업계 전체가 더럽게 느껴지겠지만 사실은 그렇지 않습니다. 내가 겪은 일이 전부라고 일반화하는 오류를 범하지 않기 위해 노력한다면, 마음의 굳은살을 차곡차곡 쌓으며 희망을 버리지 않는다면, 꿈에 그리던 그 행복을 경험할 수 있습니다.

"There is a crack in everything.
That's how the light gets in."
(모든 것에는 금이 가 있다. 빛은 바로 거기로 들어온다.)

상처를 입고 마음에 균열이 생기셨다면, 이제 그 사이로 희망이 들어올 거라는 사실을 믿어보시기 바랍니다. 상투적인 얘기처럼 들리시겠지만, 그게 진리라고 저는 확신해요. 물론 저도 앞으로 얼마나 많이 마음에 금이 갈지 모르겠습니다. 하지만, 저도 이 말을 증명해내기 위해 노력하려고 합니다. 이 책을 읽고 계신 여러분도, 저와 함께 노력해주셨으면 좋겠습니다.

A 저의 시간 관리 노하우는 나 자신의 생산 능력을 정확하게 파악해서 나를 속이는 것입니다. 이게 무슨 얘기인지 자세히 설명해 드릴게요.

소위 '케파'를 잘 알아야 성공한다는 말이 있죠? Capacity, 즉 '생산 능력'을 정확하게 파악해야 한다는 의미인데요. 저는 앞서 여러 번 말씀드린 것처럼 1년 내내 매우 바쁩니다. 평균 2개 이상의 방송국에서 프로그램을 진행하고, 약 150회의 공식 행사와 국제회의에서 MC로 일해요. 매일 외신기사를 분석하고, 필요할 땐 논문도 읽습니다. 매해 30권 정도의 책을 읽고, 지난해부터는 직접 책도 쓰고 있습니다. 솔직히 말씀드리면, 저는 아무리 바빠도 정신없다고 느끼진 않아요. 중간중간 잘 쉬고 마음껏 놀고 사람들도 꽤 만납니다. 이게 가능한 이유는 저 자신의 생산 능력, Capacity에 대해 냉정하게 파악하고 있기 때문입니다.

사실, 섭외 받는 일을 다 하면 1년에 적어도 200개 이상의 행사를 진행하게 될 거예요. 방송도 욕심내면 데일리, 위클리를 양껏 배분해서 할 수 겁니다. 특히, 요즘은 전담 매니저님이 운전도 해주시니 못 할 이유가 없죠. 그런데 전 절대 그렇게 일하지 않습니다.

제가 제 능력을 충분히 발휘해서 (사실 100점 이상으로 더 발휘해서) 맡은 일을 완성도 있게 수행해내기 위해, 준비 시간과 에너지 충전 시간, 타인과의 소통 시간까지 계산해서 일정을 잡기 때문입니다.

제 MBTI가 ENTJ인데, 친한 친구들은 제가 극 TJ라서 그런 거라고 우스갯소리로 얘기하더라고요. 저는 수행 결과에 대한 기준이 높기도 하고, 그만큼 저를 의심합니다. 살다 보면 예상치 못한 상황에서 몸이 아플 수도 있고, 뇌가 덜 활발하게 운동할 수도 있으니까요. 그래서 수행할 태스크 중간에 충격을 흡수할 쿠션을 마련합니다.

방송 8년 차쯤부터 일정이 갑자기 늘기 시작했습니다. 그땐, 저도 흥분해서 저 자신을 몰아붙이면서 일했어요. 물 들어올 때 노 저어야 한다는 말이 무섭게 다가왔거든요. 그런데, 저의 생산 능력을 존중하지 않고 몰아붙이며 일하니까 완성도 제 기준보다 떨어지고, 몸도 아프더라고요. 그래서 저는 '물이 더 이상 안 들어오면 배 들고 걷지 뭐.'라고 스스로를 설득하며, 일정을 잘 관리해서 오래 가겠다고 다짐했습니다.

제 기준에서 매번 100 이상의 완성도를 발휘하려면, 아무리 행사가 많은 성수기에도 일주일에 4개를 진행하는 것이 최대더라고요. 물론, 올해부터는 운전과 일정 관리를 소속사에서 해주시기 때문에 1건 정도는 늘어날 수 있다고 봅니다.

만약 하루에 행사를 2개 진행하면 다음 날은 무조건 쉽니다. 또한, 일정 중간에 꼭 비는 날을 만들어서 공부하고 준비합니다. 상대적으로 일정이 적은 1, 2월에는 국제학 관련 논문이나 책을 읽으며 내공을 쌓고요. 주말에도 계획을 세워 휴식과 공부 시간을 균형 있게 분배합니다.

좀 더 구체적으로 들어가 볼게요. 하루의 시간을 나눌 땐 나 자신을 속이는 방법을 씁니다. 예를 들어, 오늘 해야 할 일이 세 가지일 때, 제 생산 능력으로는 각각 90분 정도 소요하면 해낼 수 있는 일이라 가정해 봅시다. 그럼 저는 일부러 한 태스크 당 110분으로 계획을 세웁니다. 스스로를 살짝 속이며 여유를 주는 겁니다. 집중해서 90분 안에 일을 끝내면 20분의 쉬는 시간이 공짜로 생기는 거니까 신나서 열심히 일하게 되죠.

더 신기한 건, 신나니까 집중이 더 잘되고, 보통 90분에 할 수 있던 일을 70분 정도에 해내게 된다는 것입니다. 그럼 저는 보너스로 20분을 더 갖게 되었기 때문에, 20분 동안 끝낸 일을 검토해요. 완성도를 높이고 오류를 줄이는 거죠. 다음 20분은 마음껏 놀고요.

보통 저는 쉬는 시간에 집 청소를 하거나 남편과 통화를 하거나 인터넷 쇼핑을 합니다. 이 방법을 쓰면, 게을러지지도 않고, 집중도 더 잘됩니다.

가장 큰 수확은 계획의 100%를 수행하니까 성취감이 올라간다는 점입니다. 기분 좋게 일하는 것이죠. 오늘 할 일을 내일로 미루는 일도 없어지고, 완성한 태스크에 대해 검토할 시간이 생기기 때문에 실수도 줄어듭니다. 처음부터 제 능력에 비해 긴 시간을 줬으니까, 여유 있게 일하면서 계획한 일을 다 끝내는 것이죠.

원래대로 하면 태스크 4개를 완료할 수 있는데 굳이 나를 속여서 3개만 할 수 있는 게 아니냐, 시간 낭비가 아니냐 하고 의문을 제기하실 수도 있을 텐데요. 하루를 분, 초로 나눠서 꽉꽉하게 계획하는 것보다는 중간중간 쿠션을 주는 것이 오히려 시간을 아끼고 효율적으로 활용하는 방법이더라고요.

Q 진행자가 있을 때와 없을 때의 차이점은?

A 진행자가 없어도 행사가 정해진 순서대로 잘 흘러갈 순 있습니다. 그런데 전문 MC가 없으면 예상 못 한 상황이 벌어졌을 때 문제가 생기게 되죠. 바로, 능숙하게 해결할 사람이 없는 것이니까요. 쉽게 말해, 리더이자 총책임자가 없는 겁니다.

어차피 각자 맡은 역할이 있으니 상관없다고 보실 수도 있을 텐데요. 학교나 회사에서 하나의 프로젝트를 여러 명이 같이 수행할 때를 떠올려봅시다. 물론 각자 맡은 일을 잘하면 프로젝트가 완성될 수는 있을 거예요. 하지만, 리더가 없으면 처음에 목표했던 방향으로 제대로 흘러가지 않을 가능성이 생깁니다.

행사장에서 수많은 사람을 이끌고, 순서와 시간을 점검하고, 상황이 제대로 돌아갈 수 있게 중심을 잡고, 비상사태가 벌어졌을 때 해결하는 반장 같은 역할을 하는 사람이 MC거든요. 따라서, 국제회의, 정부 포럼처럼 중요한 행사에는 반드시 MC가 있어야 하는 것이죠.

Q 해마다 '박 아나의 무료특강'을 진행하는 이유는?

A 아나운서로 경제 활동을 해온 지 11년째 되던 2018년, 문득 이런 생각이 들었어요. '나 혼자 이렇게 잘 먹고 잘살아도 되는 걸까?' 스스로에게 던진 이 질문이 '박 아나의 무료특강'을 매해 열게 된 시작점이었습니다.

저는 2012년부터 행사 진행을 해왔고 방송도 3개를 동시에 하고 있었어요. 그러니 당연히 한 방송국에서 일하는 아나운서들보다는 경제적으로 여유가 있을 수밖에 없는 상황이었죠. 처음엔 그저 기뻤습니다. 그렇게 얻고 싶은 아나운서라는 타이틀을 갖고 일하는데 돈까지 잘 벌어지니 너무 신났죠. 하루에 여러 행사가 몰릴 땐 제 능력을 인정받는 것 같아서 행복했고, 여러 방송국에서 섭외를 받아서 하고 싶은 방송을 선택할 수 있다는 사실도 매우 뿌듯했어요. 마치 제 노력에 대한 보상 같았거든요.

방송 경력 10년 차가 넘어가면서, 자연스럽게 주변을 돌아보게 되었습니다. 저와 함께 방송을 시작했는데 중간에 일이 끊겨서 쉬고 있는 동료, 방송이 없어서 행사에만 몰두하고 있는데 생활을 유지하기 힘들 정도로만 섭외를 받는 후배, 아나운서 공채를 준비하고 있는데 계속 떨어져서 좌절하고 있는 지망생들이 보였어요.

10년 차가 되기 전까지는 내가 뭐라고 누굴 가르치나 하는 생각이 들어서 강의 제안이 들어와도 거절했거든요. 그런데 2018년 그날, 이제는 부족하지만 내가 나눠줄 수 있는 노하우가 조금은 쌓이지 않았을까 하는 생각이 들었습니다.

무작정 소셜 미디어에 공지를 올렸죠. 신촌의 한 모임 센터에서, 11명의 아나운서 지망생들에게 시험 과정에 대해 현실적인 조언을 해주고, 그들의 뉴스 리딩을 첨삭해줬던 게 첫 번째 '박 아나의 무료특강'이었습니다.

이후 해마다 12월이면 특강을 열고 있습니다. 대학원 선배이자 존경하는 영어 강사이신 위준성 원장님의 장소 협찬을 받으면서, 특강은 점점 활기를 띠게 되었죠. 2회부터는 아나운서 지망생뿐 아니라 영어 MC로 활동 영역을 넓히고 싶어 하는 현직 방송인들, 행사 진행 실력을 키우고 싶어 하는 현직 공식 행사 MC와 국제회의 영어 MC들을 대상으로 3시간 정도 특강을 진행하고 있습니다.

특강에서는 업계 진입 방법과 현실, 지녀야 할 자격과 실력에 대해 자세히 설명하고, 실제 대본을 가지고 1:1 첨삭을 해줍니다. 영어 MC들을 대상으로는 대본 번역 연습도 하고요. 선착순으로 신청을 받아 20명 정도가 참석하는데, 참석자들에게는 제가 소소한 선물을 나눠주기도 하고, 언제든 고민이 있을 때 연락할 수 있게 저의 메신저 아이디를 공유해요. 후배들에게 실질적인 도움을 주기 위해 방송국 PD님과 행사 대행사 대표님들을 초대하기도 하고요.

현직 방송인들도 참가하는 자리이다 보니, 직접 섭외로 연결되는 일도 꽤 많습니다. 특강 이후, 도움을 청하는 참가자들에 한해서는 시간이 되는 한 직접 만나기도 하죠. 스터디 룸을 빌려서 대본 리딩을 첨삭해주기도 하고, 자기소개서를 수정해주기도 하고, 시사 공부에 도움을 주기도 해요. 경제적으로 여유가 없는 친구들에게는 밥도 사주고, 가끔은 용돈을 주기도 합니다. 무료특강에 신청하고, 직접 연락해서 고민을 털어놓는 것 자체가 엄청난 용기라는 걸 아니까요. 제가 아나운서 지망생일 때 간절하게 원했던 멘토의 자리에 아무도 없었다는 게 참 아쉽거든요. 그래서 순수한 간절함을 지닌 후배들에게는 최대한 그 자리를 채워주겠다는 소망을 품고 있습니다.

아무런 경제적 이득이 없는데, 굳이 왜 특강을 여느냐고 묻는 분들이 계세요. 시간과 에너지, 돈을 들이면서 이러는 이유가 뭔지 궁금하다는 분들도 많습니다. 제가 얻는 경제적인 이익이 없는 건 명확한 사실입니다. 제가 사설 아카데미를 운영하거나 과외 수업을 진행한다면 무료특강이 수업 설명회가 될 수 있겠죠. 그날 참가한 후배들은 잠재적 고객이 될 수 있고요.

하지만 저는 가끔 아나운서 아카데미들로부터 의뢰를 받아 특강을 하는 것 외에는 개인적으로 돈을 받고 학생을 가르치지 않습니다. 앞으로도 교육 사업을 할 계획은 없고요. 그렇다면, 제가 너무 착해서 이런 일을 하는 걸까요? 타인의 행복이 내 행복이라서? 아니면 봉사를 즐겨서? 아닙니다. 아나운서라는 직업을, 제가 몸 담은 이 업계를 진심으로 사랑해서 하는 겁니다.

무료특강 참가자들에게 늘 이런 얘기를 해요. "특강의 목적은 업계 정화와 '같이' 잘살기"라고. 저 혼자 소위 잘 나간다고 결코 행복하지 않더라고 얘기하면서, 실력과 좋은 인성을 갖춘 동료, 후배들이 같이 잘 되길 바라는 진심을 전합니다.

최근 몇 년 동안 아나운서 업계, 특히 영어 MC 업계의 수준이 낮아졌다는 평가를 많이 듣게 되어 마음이 아프다는 얘기도 솔직하게 합니다. 왜 정당한 자격을 갖춘 사람만이 영어 MC로 일할 수 있는 건지, 업계에 진입한 후에도 실력 향상을 위해 얼마나 노력해야 하는지를 진심을 담아 전합니다.

적어도 이 자리에 모인 여러분만은 사기꾼으로 살지 말고, 정당한 과정(The right channel)을 통해 자격과 실력을 갖추자고 설득해요. 이 메시지를 전한 다음에는, 정말 최선을 다해 제가 알고 있는 모든 노하우를 전수합니다. 제가 우스갯소리로 "내장까지 다 꺼내서 드릴 거예요."라고 말하는데, 그 말을 책임지기 위해 진심으로 모든 걸 다 주려고 노력합니다.

그날 제 특강에서 배운 노하우를 바탕으로 저를 제치고 저보다 더 잘 나가는 후배가 생기면 어떡하냐고 묻는 분들도 있어요. 제 대답은, "괜찮아요."입니다. 다시 한번 말씀드리지만, 제가 너무 착해서 이런 생각을 하는 게 아닙니다. 업계에서 잘 나가는 사람이 많아질수록 업계의 영향력이 커지고, 실력이 좋은 사람이 많아질수록 업계의 수준이 높아질 거라고 믿기 때문에 괜찮은 겁니다.

올바른 가치관을 품고 열심히 노력해서 정당한 자격과 이견 없는 실력을 갖춘 후배와 동료들이 많아지길 소망합니다. 그래서 매해, 경제적 이익을 얻기는커녕 오히려 제 돈과 시간과 에너지를 소비하는 '박 아나의 무료특강'을 열고 있는 것이고요. 경제적 이익보다 더 큰 이익은 제가 사랑하는 제 직업에 대한 왜곡된 정보가 수정되고, 업계의 질이 지켜지는 것이니까요.

재즈와
국제회의

저는 15살 때부터 재즈(jazz) 음악을 들어온 마니아입니다. 남편까지 재즈 뮤지션이다 보니 재즈를 접할 기회가 더 많아졌죠. 재즈의 가장 두드러지는 특성은 연주자들이 무대에서 improvisation, 즉 즉흥 연주를 한다는 것입니다. 연주가 곧 작곡이라고 할 정도니까요. 이런 면에서 재즈와 국제회의 진행은 참 많이 닮았습니다. 국제회의 진행을 할 때도 상황에 따른 애드리브가 필수이기 때문이죠. 그런데 여기서 반드시 알아야 할 사실이 있습니다.

즉흥 연주가 무작정 즉흥적인 건 아니라는 것입니다.

재즈에는 스탠더드 곡이 존재합니다. Autumn Leaves, I fall in love too easily처럼 재즈 뮤지션들의 음악 레퍼토리에서 중요한 부분을 차지하는 음악 구성을 의미하는 건데요. 한마디로, 다양한 연주가들에 의해 반복적으로 연주되는 곡들입니다. 그래서 재즈 뮤지션은 악보가 없어도, 스탠더드 곡에 한해서는 제목만 알면 바로 연주할 수 있습니다. 500곡이 넘는 스탠더드 곡들의 흐름과 구성을 미리 공부해서 익혀뒀기 때문이죠.

그런데, 500곡이나 되는 재즈 스탠더드는 곡마다 다양한 버전까지 있습니다. Autumn Leaves를 마일스 데이비스 (Miles Davis) 스타일로 연주할 수도 있고, 빌 에반스 (Bill Evans) 스타일로 할 수도 있는 것이죠. 대표적인 뮤지션들의 연주 스타일, 즉 랭귀지 (Language)를 연구하고 습득한 후에 비로소 제대로 된 즉흥 연주가 가능한 겁니다. 예를 들어, 색소폰 연주자가 마일스 데이비스 랭귀지로 솔로 연주를 시작하면, 그 뒤에 피아노, 베이스, 드럼도 그 랭귀지로 이어받아서 솔로 연주를 합니다. 이게 가능하려면, 여러 뮤지션들의 스타일을 깊이 연구하고, 몸에 익혀서 언제든 연주할 수 있게 만들어놔야겠죠. 그 위에 자신만의 스타일까지 입힐 수 있어야 하고요. 무작정 즉흥 연주를 하는 게 아니라, 엄청난 연구로 습득한 규칙 안에서 즉흥 연주를 하는 겁니다. 연구와 연습이 동반되지 않은 즉흥 연주는 어떤 모양일까요? 함께 연주하는 뮤지션들과의 소통 없이, 모든 스탠더드 곡에 같은 라인의 솔로 연주를 하게 되겠죠. 상투적인 연주가 나오는 겁니다.

공식 행사나 국제회의 진행을 하는 MC도 그렇게 되기 쉽습니다.

"대단히 반갑습니다. 상당히 고맙습니다."

조세호 씨의 이 개그를 들을 때마다, 웃기도 하지만 다짐도 합니다. 상투적인 즉흥 멘트에 지배당하지 말자고요. 아나운서도 인간인지라, '어차피 지난번에 했던 기후 변화 주제의 행사인데 똑같은 멘트로 진행해도 되겠지.'라는 생각이 들 수 있거든요. 상황에 맞는 멘트가 아니라, 그저 머릿속에 담긴, 입에 익은 멘트를 내뱉는 겁니다.

좋은 발성으로, 능숙하게 말을 하니 당장 큰 문제가 생기진 않을 겁니다. 하지만, 이렇게 '무작정 하는 즉흥 멘트'에 익숙해지면, 언젠가는 퇴보할 수밖에 없습니다. 열심히 행사를 준비한 주최 측과 광고주, 대행사, 참가자들에게도 피해를 주게 되죠.

이런 상황을 만들지 않으려면, 어떻게 해야 할까요? 재즈 뮤지션들이 다양한 연주 랭귀지를 연구하듯이, MC는 회의의 주제를 제대로 파악해야 합니다. 진정성 있게 준비하는 자만이 제대로 된 진행을 할 수 있으니까요. 예를 들어, 같은 '기후 변화'를 주제로 한 국제회의라 할지라도, '기후 변화의 원인'에 집중한 회의가 있고, '선진국의 의무와 책임', 또는 '파리 협정'에 집중한 회의가 있을 수 있죠. 세부 주제를 깊이 연구하면, 행사 현장에서 의미 있는 나만의 애드리브를 창조해낼 수 있습니다.

연구와 연습을 바탕으로 한 재즈 뮤지션의 즉흥 연주는

관객들에게 경이로움을 선사합니다. 규칙 안에서 자유로운, 진정한 소통을 통한 아름다운 하모니를 보여주니까요. 영어 MC가 국제회의장에서 내뱉는 즉흥 멘트도 연구와 연습을 바탕으로 할 때, 비로소 진정한 가치를 지니게 됩니다.

'진짜'의 가치

'정당한 자격'이라는 말을 참 많이 썼더군요. 책 한 권에 도대체 이 말이 몇 번이나 등장하는지 모릅니다. 그만큼 가치 있는 '진짜의 가치'를 담고 싶었습니다.

There is value in putting a hard work and going through the right channels to achieve your goals.

목표를 달성하기 위해 정당한 방법으로 최선을 다하는 것이 얼마나 가치 있는 일인지 우린 이미 알고 있습니다. 반드시 그렇게 하겠다고 다짐도 여러 번 했을 겁니다. 하지만, 자꾸 흔들립니다. 진짜가 아니어도 진짜만큼 인정받고, 오히려 진짜가 아니라서 더 쉽게, 더 빨리 성공의 길을 걷는 가짜들이 너무나 많으니까요.

그래도 그 가치를 잊지 말자고, 흔들리는 여러분의 멱살을 잡고 걷기 위해 이 책을 썼습니다. 제가 흔들릴 땐, 머리채라도 잡고 함께 가달라고 호소하기 위해 이 책을 썼습니다.

늦더라도 정확하게 뉴스를 전해야 하는 것처럼, 늦더라

도 정당한 과정을 거칠 때 지속 가능한 결과를 얻을 수 있습니다. 이 진리를 증명하기 위한 제 발걸음에 동행해 주시겠습니까?

당연히 아나운서니까. 오늘도 제게 주어진 이 길을 당당하게 걸어갑니다.

박세정 올림

Special thanks to

아빠처럼 되고 싶어서 포기하지 않았어.

존경하는 언론인 나의 아빠,

괴짜 막내딸을 언제나 의심 없이 믿고 지지해주는 엄마,

현실 세계에 이런 남자가 또 있을까 싶을 정도로

날 아껴주는 남편,

동생을 위해서라면 지구 밖이라도 달려갈 첫쩐니와 둘쩐니,

무조건 내 편이 되어주는 정민이, 은이 언니, 윤정 언니,

진솔한 마음을 나눠 준 동료들: 경빈 오빠, 혜원 언니,

형기, 민희, 승은이,

마음을 내어주시고 소중한 추천사를 써주신

최진영 대표이사님, 지미화 대표님, 유재우 PD님,

언제나 든든한 오른손을 내어주시는 하나님,

진심으로 고맙습니다.